VERDI
Otello

オペラ対訳ライブラリー

ヴェルディ
オテッロ

小瀬村幸子=訳

音楽之友社

本シリーズの他のタイトルは、原テキストを数行単位でブロック分けしてその下に日本語を当てる組み方になっていますが、この《オテッロ》に関しては、台本作家がテキストの詩形にそれまでのオペラ台本にほとんど見られなかった新機軸を処々で試みている点から、ブロック分けが必ずしも適切とは考えられません。そこで原テキスト1行、その下に日本語訳1行を当てる、という形を採用しています。訳文は他のタイトル同様、原文を伴う対訳という観点から、原文と訳文が対応していくよう努めて逐語訳にしてあります。その結果、日本語としての自然な語順を欠く箇所もありますが、ご了承ください。

目次

あらすじ 7
登場人物および舞台設定 12
台本作家ボーイトによる《オテッロ》登場人物概観像 13
主要人物登場場面一覧 18

《オテッロ》対訳

第1幕　ATTO PRIMO ……………………………………………… 20

第1景　**Scena prima** …………………………………………………… 21
　　　　　帆が！帆だ！
　　　　　　Una vela！Una vela！（合唱）……………………………… 21

第2景　**Scena seconda** ……………………………………………… 45
　　　　　剣をおさめよ！
　　　　　　Abbasso le spade！（オテッロ）…………………………… 45

第3景　**Scena terza** ………………………………………………… 49
　　　　　もうすでに、深い夜のなか、
　　　　　　Già nella notte densa（オテッロ）………………………… 49

第2幕　ATTO SECONDO ………………………………………… 56

第1景　**Scena prima** …………………………………………………… 56
　　　　　心配なさいますな。
　　　　　　Non ti crucciar.（ヤーゴ）………………………………… 56

第2景　**Scena seconda** ……………………………………………… 58
　　　　　行け、おまえの行き着く先はすでに俺には見える。
　　　　　　Vanne; la tua meta già vedo.（ヤーゴ）…………………… 58

第3景　**Scena terza** ………………………………………………… 62
　　　　　これは心痛む…
　　　　　　Ciò m'accora...（ヤーゴ）………………………………… 62

第4景　**Scena quarta** ………………………………………………… 71
　　　　　あなたのご不興のために嘆いておいでのある方の
　　　　　　D'un uom che geme sotto il tuo disdegno（デズデーモナ）…… 71

第5景	Scena quinta ·································	78
	不義を犯すデズデーモナ！	
	Desdemona rea !（オテッロ）·················	78

第3幕	**ATTO TERZO** ·································	90
第1景	Scena prima	90
	港の監視塔が合図してきました、	
	La vedetta del porto ha segnalato（伝令）·········	90
第2景	Scena seconda ·································	92
	神様があなたをお喜ばせくださいますよう、わたくしの魂の 最高の花婿様。	
	Dio ti giocondi, o sposo dell'alma mia sovrano.（デズデーモナ）·············	92
第3景	Scena terza ···································	99
	神よ！御身はよかったのです、私にすべての災いを浴びせたもうても、	
	Dio ! mi potevi scagliar tutti i mali（オテッロ）········	99
第4景	Scena quarta ·································	101
	ああ！地獄落ちだ！	
	Ah ! Dannazione !（オテッロ）················	101
第5景	Scena quinta ·································	102
	こっちへ、広間は空っぽです。	
	Vieni; l'aula è deserta.（ヤーゴ）··············	102
第6景	Scena sesta ···································	114
	どうやってあれを殺してやるか？	
	Come la ucciderò ?（オテッロ）················	114
第7景	Scena settima ·································	117
	統領と元老院は	
	Il Doge ed il Senato（ロドヴィーコ）············	117
第8景	Scena ottava ·································	122
	そうれ奴が！奴だ！	
	Eccolo ! È lui !（オテッロ）···················	122
第9景	Scena nona ···································	134
	俺だけは自分から逃げることができない！…血だ！	
	Fuggirmi io sol non so !... Sangue !（オテッロ）······	134

第4幕	**ATTO QUARTO**	138
第1景	**Scena prima**	138
	先ほどよりお静まりでして？	
	Era più calmo？（エミーリア）	138
第2景	**Scena seconda**	143
	アヴェ・マリア、恩寵に満ち、選ばれし	
	Ave Maria piena di grazia, eletta（デズデーモナ）	143
第3景	**Scena terza**	145
	そこに、どなた？	
	Chi è là？（デズデーモナ）	145
第4景	**Scena quarta**	154
	何たる叫び声！恐ろしい！恐ろしいことだ！	
	Quai grida！Orrore！Orrore！（全員）	154

訳者あとがき（チンツィオ・ジラルディ著『百物語』〜「第三日第七話」要約を収録）　158

あらすじ

第 1 幕

　キプロス島の港をひかえた城砦の前に人々が集まり来て、海を見つめている。折からの激しい暴風雨、沖合いも岩礁の多い沿岸も荒れに荒れ、夕闇も迫り始めている。皆は、島の新任の総督にして侵攻してきたトルコ軍を討つべきヴェネト艦隊の司令官に任ぜられたオテッロの軍船の安否を気遣っているが、帆が荒れ狂う波間に見えると、何とか無事にと祈る。ひとり、オテッロの旗手ヤーゴは彼が海の藻屑と消えることを願う。さすがの嵐も少し弱まり、オテッロの船は着岸、上陸した彼は誇らしく高らかにトルコ軍殲滅を宣する。そして待ちうけた副官のカッシオ、前任の島の総督モンターノと城砦へ入る。城中にはヴェネツィアで結婚してすぐにキプロスへ出発した新妻のデズデーモナが待っているはずである。嵐がおさまり始めた広場では、戦勝祝いの篝火(かがりび)が焚かれ、居酒屋に華やかな明りが点り、島民、兵士、ヴェネツィアの貴族たちの宴が催される。周囲が喜びにわくなか、ヴェネツィアの資産家ロデリーゴは憂い顔。密かに想いを寄せるデズデーモナがオテッロと結婚してしまったからだが、ヤーゴはそんな彼にまだ脈はある、自分はカッシオを副官に任命したオテッロを恨んでいる、色男然として振舞うカッシオも憎い、そこで君の恋成就のために力になると、内心、自分の復讐のために彼を利用しようと考えながら、約束をする。辺りは祝賀気分いっぱいに歌声が満ち、酒盃が交される。城からカッシオが現れると、ヤーゴはすぐに彼を陥れる謀(はかりごと)に着手、彼に酒をすすめながら上機嫌に歌う一方、ロデリーゴに対して奴が酔ったら喧嘩を売って騒ぎを起こせ、と囁く。それを受けて、オテッロに、今やカッシオにも嫉妬心を感じたロデリーゴは彼の酔いざまを嘲笑って挑発、二人は掴み合いとなる。居合わせたモンターノが止めに入り、するとカッシオは剣を抜き、モンターノも応戦、ヤーゴとロデリーゴは人々を煽って騒乱状態を引き起こさせる。それに気づいたオテッロが姿を現す。オテッロは、事の次第をヤーゴとカッシオに問いただし、カッシオがモンターノを負傷させたと知ると、さらにデズデーモナまでもが安らぎを奪われて城から出てきたことに激怒して、カッシオを罷免する。そして全員に帰宅を、ヤーゴには町の沈静化を命ずる。

　間もなく人影が絶え、オテッロとデズデーモナは二人きりになる。二人は愛を語り合い、愛に酔いしれ、オテッロは口づけを一度、二度、三度と求める。気づけばもう夜明けも間近に。恍惚として、抱き合ったまま、二人は城へ戻っていく。

第2幕
　城砦の中の庭に面した広間でヤーゴとカッシオが話している。思いどおりカッシオを副官の座から引きおろすことに成功したヤーゴは、今度はオテッロにカッシオとデズデーモナの仲を疑わせる企みを胸に、復職したいならオテッロの心の主(あるじ)であるデズデーモナに、彼女が庭へ出てきたら執り成しをたのむのがよいと、事情通よろしくカッシオにすすめる。そこで彼は庭へ。その姿を目で追いながらヤーゴは自身の生き方の信条を語る。と、庭にデズデーモナがお付のエミーリアと現れる。カッシオがデズデーモナと会話を始めるのを見届けると、次はオテッロにそれを見せる段取りを。だがそこへオテッロの方からやって来る。奸計は運に恵まれたようだ。
　ヤーゴはオテッロに気づかぬ振りをしながら胸に何か不審が生じたかのような独り言を口にする。それを聴き咎めてオテッロが問いただすと、もって回った物言いでデズデーモナとカッシオの仲に疑惑を抱かせ、嫉妬までも煽る。そしてこれからはデズデーモナ様の言動にご注意を、と。そのとき庭から島の人々がデズデーモナに挨拶に訪れ、彼女を讃える声が聞こえる。何と穏やかで心地よく美しい光景か。島民が去り、デズデーモナが広間へ入ってくる。彼女はオテッロにカッシオの赦免を願う。やはり、と思うオテッロは、それを不機嫌に拒絶、再三願うデズデーモナに頭痛を訴え、彼女が頭にハンカチを巻こうとすると手荒く振り払う。そばにいたエミーリアがそのハンカチを床から拾い上げると、下心のあるヤーゴは彼女から無理に取り上げる。なぜオテッロが苛立つのか。分からぬままデズデーモナはエミーリアと広間を出る。妻の不義を疑って絶望感に呻吟するオテッロ。計略の順調な運びにほくそ笑むヤーゴ。オテッロはヤーゴを引っ捕まえてデズデーモナの不貞の証拠を出せと迫る。ヤーゴは、証拠になり得るかどうかと巧みに控え目を装いながら語る、カッシオが寝言でデズデーモナとの睦言を口にしたと、また彼がデズデーモナ様のものと思しきハンカチを手にしているのを見た、と。もはや疑う余地はない。オテッロは復讐を誓う。ヤーゴは忠誠心篤くオテッロに付き従って共に復讐すると誓う。

第3幕
　城砦の大広間。ヤーゴがオテッロに何事か語っていたらしいが、伝令が来てヴェネト使節団到着間近の報をもたらす。再び、オテッロに促されてヤーゴは話を始め、カッシオをこの場へ連れてきてデズデーモナとの関係を喋らせるので身を隠してそれを聞くようにと告げて去る。そこへデズデーモナが。彼女は皮肉な態度を見せる夫に、それと気づかず、カッシオの赦免をまたも願う。頭痛を訴えるオテッロ。そしてハンカチで頭を縛れと。自分が贈ったあのハンカチで。妻は持っていなかった。オテッロは真心を

訴えるデズデーモナを威嚇し、罵倒し、呪い、追い払う。もはや救いはない。ほかの何を失おうと、ほかのどのような災いに見舞われようと、耐えたであろう。だが、この愛、自分を生かし、喜びを、慰めを与えたこの愛なしには絶望である。オテッロはデズデーモナに死を、そのまえに白状だ、証拠だと口にする。

　ヤーゴがカッシオを連れてくる。オテッロは物陰に隠れて二人の対話に聞き耳をたてる。するとヤーゴはカッシオをおだてて彼の情婦ビアンカの話を、デズデーモナとの秘め事を語っているかのように見せかけてさせ、さらにエミーリアから奪い取って彼の家においてきたデズデーモナのハンカチに話題を向け、懐からそれを出させてオテッロが目にするように仕向ける。何も知らぬカッシオはハンカチをひらつかせ、ヤーゴはカッシオに言葉を向けながらそのじつオテッロを罠の深みへと引きずり込む。これ以上の証拠はない。そのときヴェネツィアの使節団の到着を告げるラッパが鳴り響く。ヤーゴはカッシオを立ち去らせる。明らかな証拠を見たと信じるオテッロは、デズデーモナ殺害を決意、ヤーゴにそれを告げる。彼はカッシオの始末は自分に任せてほしいと新たに忠誠を見せつけ、オテッロからカッシオに代えて副官にと確約を得る。あたりには式典のファンファーレの音が鳴り響く。ヤーゴはオテッロにデズデーモナとともに使節団を出迎えるよう促す。

　広間にロドヴィーコを長とするヴェネト共和国使節の一行、島の主だった者たち、兵士、伝令たち、そしてオテッロ、ロデリーゴ、デズデーモナ、エミーリア、ヤーゴが登場してくる。型どおりの使節団の挨拶に続いてロドヴィーコは統領(ドージェ)の通達をオテッロに手渡す。彼がそれを読む間、ロドヴィーコ、デズデーモナ、ヤーゴは言葉を交わし、カッシオの消息に話が及ぶと、その名を耳にしたオテッロは逆上してデズデーモナに摑みかかる。一同は驚愕。まさかこれが歴戦の勇士か。ヤーゴはロドヴィーコにこれが彼のありのままの姿と巧みに吹き込む。通達はオテッロのヴェネツィア召還、カッシオの新総督就任であった。オテッロは、カッシオも呼び寄せ、通達を読み上げる。思わぬ展開にヤーゴは悔しさに歯軋り、ロデリーゴは資産をすべて処分してまで後を追ってキプロスへ赴いて希望をつないだ想い人が去ることになると知って落胆、カッシオは望んだわけでない昇進をもたらした運命に喜びよりむしろ戸惑いを感じて沈思、エミーリアは同情誘うデズデーモナの姿を見て涙、翌日キプロスを出立する段取りを告げるとまたもデズデーモナに摑みかかるオテッロ、地に伏してさめざめと泣くデズデーモナ。常軌を逸したオテッロの振舞いとあまりに悲しく不憫な美しいデズデーモナを目の前にし、ロドヴィーコをはじめ居合わす人々は不

安と恐怖、また不気味さを囁き合う。そんな中、ヤーゴはオテッロに急ぎ復讐実行をと耳打ちし、カッシオは自分が片付けると。その一方ロデリーゴに、デズデーモナをキプロスに留まらせるためにはオテッロを去らせないことだ、それには新総督のカッシオが不在になること、だからおまえが殺れと。ロデリーゴは覚悟を決める。そのとき、オテッロが狂乱の体で皆に立ち去るように命ずる。そして夫にすがるデズデーモナに呪いの言葉を浴びせる。驚愕した人々、そしてエミーリアとロドヴィーコに支えられたデズデーモナは大広間を後にする。

　妻の不義の諸々が頭に浮かんでくるオテッロは苦しみ悶え、ついに気を失う。城砦には彼を讃える歓声とファンファーレが響いている。ヤーゴは勝ち誇って倒れたオテッロを見下ろす。

第4幕

　先刻のヴェネト使節団会見の場での驚愕の結末から暫しして、デズデーモナは自室にいる。オテッロに先に休むように命じられたために、エミーリアに手伝わせて就寝の身繕いをするが、何か尋常でない予感がしてならない。今夜、思い出されるのは母に仕えていた若い小間使いのこと、そして男に捨てられた哀れな彼女が歌っていた「柳の歌」。デズデーモナはそれを歌う。エミーリアを下がらせると、アヴェ・マリアの祈りを唱え、それから床に付く。

　オテッロが現れる。彼は感慨深げにデズデーモナの寝顔を眺め、口づけをし、三度目に彼女が目を覚ますと、妻の不貞を責めて殺すと告げる。無実の訴えをするデズデーモナ。が、有無を言わせずオテッロは妻を扼殺する。そのとき、エミーリアが駆け込んできてカッシオがロデリーゴを殺したと。カッシオが死んだのでないのを知って驚くオテッロ。と、寝台から声が。デズデーモナが死に瀕している。彼女が夫を思い、夫をかばう言葉を残して息絶えると、オテッロは自分がカッシオと不義の仲だった妻を殺めたと言う。カッシオとの仲を吹き込んだのはヤーゴと知ると、エミーリアはオテッロを愚か者呼ばわりし、部屋の外へ向かって人を呼ぶ。

　叫び声でロドヴィーコ、カッシオ、ヤーゴが駆けつける。エミーリアは皆のまえでヤーゴの企みを暴き、さらにモンターノがやって来てロデリーゴが死に際にヤーゴの姦計を告白したと告げる。追い詰められたヤーゴは何も言わずに逃げ出す。今やすべてを悟ったオテッロは、天罰が下らないなら自分で始末をと剣を取る、が、絶望の極みの生の終焉にその剣さえも取り落とす。デズデーモナの寝台に近づき、清く美しい彼女をただただ眺め、そして彼女の名を呼ぶと隠し持っていた短剣で自らを刺す。一同は驚愕。最後の力でデズデーモナに口づけをし、そして三度目に息絶える。

オテッロ
Otello

4幕の音楽劇
Dramma lirico in quattro atti

音楽：ジュゼッペ・ヴェルディ
musica di Giuseppe Verdi（1813−1901）
台本：アルリーゴ・ボーイト
versi di Arrigo Boito（1842−1918）

初演：1887年2月5日、ミラノ・スカラ座

主要登場人物および舞台設定

オテッロ Otello ……………………………………………………… テノール
ムーア人[*1]、ヴェネト艦隊[*2]の将軍 moro, generale dell'Armata Veneta

ヤーゴ Jago ……………………………………………………………… バリトン
旗手 alfiere

カッシオ Cassio ………………………………………………………… テノール
隊長 capo di squadra

ロデリーゴ Roderigo …………………………………………………… テノール
ヴェネツィアの紳士 gentiluomo Veneziano

ロドヴィーコ Lodovico ………………………………………………… バス
ヴェネト共和国の使節 Ambasciatore della Repubblica Veneta

モンターノ Montàno …………………………………………………… バス
キプロス島政庁のオテッロの前任者 predecessore di Otello nel governo dell'isola di Cipro

伝令 Un Araldo ………………………………………………………… バス

デズデーモナ Desdemona ……………………………………………… ソプラノ
オテッロの妻 moglie di Otello

エミーリア Emilia ……………………………………………………… メゾソプラノ
ヤーゴの妻 moglie di Jago

合唱：ヴェネト共和国の兵士たちと水兵たち Soldati e Marinai della Repubblica Veneta.／ヴェネツィアの淑女たちと紳士たち Gentildonne e Gentiluomini Veneziani.／男女のキプロス島の人々 Popolani Cipriotti d'ambo i sessi.／ギリシア人、ダルマツィア人、アルバニア人等の武人 Uomini d'arme Greci,

---

[*1] ムーア人とは、もともとは北西アフリカの古代の呼び名でマウル人の地を意味するマウレタニア（現在のモロッコおよびアルジェリアの一部に当たる）に住む民族を指した呼称であったが、その後、エチオピアなどもふくむ北アフリカのより広い地域の人々もこの名の範疇に入るようになる。回教の誕生後は北アフリカ人とアラブ人の混血の回教徒の呼び名ともなり、8世紀に回教徒がスペインに侵攻・征服してからはスペインにおける回教徒もこう呼んだ。ムーア人と訳したイタリア語の原語"moro"は、辞書で見ると、その多くに"黒人"という意義も入れているが、人種としては"黒い"を意味する"nero"に発する"negro＝黒人（ニグロ）"を意味することは、拡大語義が生じたことはあっても、この語の語源を考えるとあり得ない。オペラの原作であるシェイクスピアの『オセロウ』では、第4幕第2場で"オセロウはモーリタニアへ行く"とのイアーゴの科白があり、オセロウはモーリタニアを故郷とするムーア人ということになる。が、シェイクスピア学者の多くによると、イギリスでは中世からエリザベス朝までムーア人は黒人（ニグロ）もふくむ呼び名であったとのことで、オセロウは混血人種よりはムーア人＝黒人（ニグロ）と考えるのが妥当であろうとのことである。

[*2] ヴェネト共和国軍の艦隊。ヴェネト共和国は現在のイタリアのヴェネト州にほぼ一致する領土を有し、ヴェネツィアを中心都市とする。ヴェネト共和国がキプロス島を支配下においたのは1489年から1571年であった。

Dalmati, Albanesi.／島の子供たち Fanciulli dell'isola.／居酒屋の主人 Un Taverniere.／居酒屋の4人の給仕 Quattro servi di taverna.／水夫たち Bassa ciurma.

舞台：キプロス島の海に面した町 Una città di mare nell'isola di Cipro.
時：15世紀の末 La fine del secolo XV.

主要人物登場場面一覧

幕・景 \ 役名	第1幕 1	第1幕 2	第1幕 3	第2幕 1	第2幕 2	第2幕 3	第2幕 4	第2幕 5	第3幕 1	第3幕 2	第3幕 3	第3幕 4	第3幕 5	第3幕 6	第3幕 7	第3幕 8	第3幕 9	第4幕 1	第4幕 2	第4幕 3	第4幕 4
オテッロ	■					■	■	■		■	■	■			■	■			■	■	
デズデーモナ			■			■	■			■	■				■	■		■	■		
ヤーゴ	■	■	■	■	■	■	■	■	■	■		■	■	■	■	■			■		
カッシオ	■		■	■								■	■		■	■					
ロデリーゴ	■			■											■	■					
ロドヴィーコ															■	■				■	■
モンターノ	■	■														■					■
伝令									■												
エミーリア						■	■			■					■	■		■	■		■

台本作家ボーイトによる《オテッロ》登場人物概観像

　オペラ《オテッロ》には、スカラ座初演の際の舞台づくり全般を記録し、この演目上演に関するひとつの規範を諸劇場に教示しようとの意図でジュリオ・リコルディによって編纂された『オペラ《オテッロ》のための舞台公演用指示書 (Disposizione scenica per l'opera OTELLO)』がある。

　"舞台公演に関する指示"をノートにまとめる習慣はパリのオペラ座で生まれ、19世紀半ばになってイタリアでも行われるようになるそうであるが、それぞれのオペラに音楽解釈、演技、舞台上の人物の動き、舞台装置、衣装等を明らかにする指示書があることで、作曲家および台本作家の本来の構想を規範の型として知ってもらい、そのオペラがどこの劇場でも本質的に同じような公演として実現されることが狙いであったという。その意義は、特に作曲家や台本作家が作成に加わることが多かったために、大きかったはずである。が、20世紀になって10年もたつと、規範に忠実であるよりもオペラ上演は自由な再創造であるべきという考えが本流となり、"舞台公演用指示書"はもはや省みられなくなってしまった。ともあれ、イタリア・オペラのレパートリーでは《仮面舞踏会（1859頃）》、《運命の力（1863頃）》、《ドン・カルロ（1867頃）》、《アイーダ（1872頃）》、《メフィストーフェレ（1877）―これは作曲者であり台本作者であるボーイト自身が編纂している―》、《シモン・ボッカネグラ（1885）》があり、《オテッロ》のものは初演の7箇月後の1887年9月に小部数印刷された。これが他にくらべて特徴的なのは、単なる小冊子ではなく、270以上にもおよぶ非常に興味深い図解を付して、舞台装置を、また演出を音楽と台詞の流れに沿うかたちで全出演者の動きや身振りにいたるまで記録した111ページからなる指示書であることで、さらに作曲家と台本作家が編纂時に目を通してジュリオ・リコルディに内容の容認を伝えているのである。ただ、ヴェルディがこの『指示書』に、ということは初演の演出にどこまで納得がいっていたか、その後に彼が公私の機会に異議申し立てをしていることからすると、検討してみなければならないかもしれない。出版された当時は、リコルディ社が劇場にオペラ楽譜を貸し出す際に、ともに関係者に貸されていたという。したがって一般の目にふれて読まれることはなかったが、1994年にリコルディ社から"舞台公演用指示書シリーズ Collana di Disposizioni sceniche"の一冊として出版されたことで入手可能となった。

　この対訳書を作成するにあたって、『指示書』の図解を見、解説を読むのは大いに有用で、さらには心楽しいことだった。訳註にあれこれ取り入れたくなるほどであった。とはいえ、この"指示"は、一つのオペラ解釈の、舞台づくりの、演出の例であり、それが唯一のものではない。対訳としては、詩句のみで解釈に努めたが、どうしても不明瞭さに迷ったわずかな場合に『指示書』を参考にし、そのことを註に入れた。だが、この『舞台公演用指示書』には、冒頭に"登場人

物"と題して台本作家が著した"登場人物の概観像"が付されている。これに関しては台本作家のボーイト自身の記述であり、まさに信ずべき規範となり得る人物像と考えてよいだろう。そこでここにボーイトの記述の翻訳を付し、彼が演技者に伝える登場人物の人物像をお知らせしておきたい。

　ボーイトは各人物像の記述に入るまえに、前置きとして、舞台演技者が肝に銘ずべき心得は300年前にある、それ以上に完璧でそれ以上に現代的な演技論はない、と述べ、シェイクスピアの『ハムレット』の第3幕第2場において城内の広間で催される芝居の役者たちに演技の注文をつけるハムレットの科白を引用している。ボーイトのものはイタリア語に訳されたテキストであるので、この対訳書を使用される日本の方々にはより正確を期すために英語、あるいは既存の日本語訳で、その箇所（第3幕第2場）をご参照いただくことをお願いしたい。
　引用のあと、ボーイトはこう続ける。
　これらはシェイクスピアの言葉であり、1588年に初めて発せられてから300年が、1年多くも、1年少なくもなく過ぎた ― 訳註『ハムレット』の初演は、今日ではシェイクスピア学者の大方が1601年としている ―。私どもとしては、この書をお読みくださる諸兄諸姉に私どもの意図を分かっていただこうとして《オテッロ》の登場人物の主たる特徴をそれなりにごく大まかに記すのであるが、それに先立ってシェイクスピア劇のこうした言葉を舞台演技者が思い起こすことは有意義である、と信じている。
　それではこの悲劇のタイトルとなる人物からはじめよう。

オテッロ
　ムーア人。ヴェネツィア共和国の将軍。40歳を越している。力強く誠実な、軍人としての容貌。行動、また立居振舞いにおいて単純素朴、下す命令は威圧的なほどに揺るぎなく果敢、判断は冷静沈着、彼に生来こうした気質のあることを明らかにするには、願わくば第1幕の決闘につづくシーンで十分であってほしい。この第1幕は彼をあらゆる栄誉、あらゆる力、あらゆる光の中で見せる。彼の最初の台詞は嵐の中で雷鳴のごとく響き渡り、勝利を雷鳴のごとく高らかに告げる、そして最後の台詞は口づけしながら熱く、愛を熱く求める。彼はまず英雄、ついで恋する男として観客に見ていただくことが望まれ、さらに彼がどれほど愛されるにあたいし、どれほどの情熱を抱きうるか理解してもらえるためにこの英雄がどれほど偉大であるかを知っていただくことが望まれる。ところがその並外れた愛から、ヤーゴの狡猾な術策によって嫉妬が生まれることになる。オテッロの行動は理性と正義が導き手であるが、それはヤーゴ（この人物は実直であるように見え、またそう信じられている）が彼を意のままに操ることに成功するまでである。そうなった瞬間から（演技者はこのことにあらゆる配慮をしなければならな

い）、この瞬間からまったく人間が変わり、その変化が明確化するのは第2幕におけるヤーゴの悪意極まりない言葉、"たとえ私の魂すべてを手中にされましても／それはお知りになれません"とそれに対しオテッロが叫び声をあげるやヤーゴがすぐ言い添える"お気をつけて、閣下、*嫉妬*に"が発せられる、まさにその時点においてである。

　嫉妬！この言葉が言い放たれる。ヤーゴは、最初、ムーア人の心を傷つけ、それから傷口に指を差し入れたのだ。オテッロの苦悶が始まった。人間が変わる。賢明にして思慮深かったのが正気を逸して錯乱し、力強かったのが無力になり、公正にして廉直だったのが罪を犯すことを考え、健全にして喜びあふれていたのが呻き、倒れ、毒を盛られたか癲癇(てんかん)に襲われたかのように気絶する。ヤーゴの言葉はムーア人の血の中に注入された紛れもない毒である。この精神の中毒作用の不可避の進行は、彼の恐怖を総動員して表現されねばならない。オテッロは人間の心にとって最も恐るべき拷問となる苦痛を、それは疑惑、激昂、致命的な打撃等々だが、それを局面の進展につれ一つまた一つと味わわされていく。オテッロは悲劇の大犠牲者であり、ヤーゴの大犠牲者である。何か抽象観念を擬人化することがもし芝居として精彩を欠く、見せかけの、幼稚な、古臭い技巧でないとしたら、オテッロは嫉妬（原語は gelosia）[*1]であり、ヤーゴは羨望（原語はinvidia）[*1]であるといってよいだろう。

ヤーゴ

　ヤーゴは羨望である。ヤーゴは極悪人である。ヤーゴは批判者である。シェイクスピアは登場人物一覧表[*2]に記して彼をこう性格づけている、"ヤーゴ、悪党（原語は a Villaine）"と、そしてそれ以上、一言も付け足していない。ヤーゴはキプロスの広場で自らをこう言っている、"わたしは批判者でしかありませんからな ―対訳中ではコンテクストから わたしは*聞き手*のほかではないんで とした―"と。彼は悪意と恨みを抱えた腹黒い批判者であり、人間どもの中に、自分自身の中に、悪を見ていて、わたしは悪人だ、なぜなら人間だからだと言い、自然の中にも神の中にも悪を見ている。彼は悪のために悪をなす。彼は騙しの名人である。オテッロに対する彼の憎しみの理由は、そこから彼が引き出す一連の復讐と比べ合わせて考えたなら、それほどに重大ではない。オテッロは自分の副官にカッシオを選んだ。だが彼にはこの理由で十分である。もしもっと重大であったとしたら彼の邪悪さは減ずることになるのであり、ムーア人を憎み、カッシオを嫉(そね)み、彼がなすような行動にでるのに、彼にはこの理由で十分なのである。ヤーゴは紛れもないこの悲劇の作り手であり、彼がその糸を紡ぎ、巻き取り、段取りし、織り成すのである。

　この人物を演奏しようとする歌手が陥りかねない最も不様な誤りであり最も俗悪な誤りは、彼を一種の悪魔的人間として演じること！彼の顔にメフィストフェ

レスのごとき冷笑を浮かべること、彼にサタンのごとき険しい眼つきをさせること、である。そうした歌手はシェイクスピアも、私どもが取り組む作品も理解していないことを示すようなものであろう。

　ヤーゴの言葉は一つ一つすべて人間らしいもの、邪悪な人間ではあるが、あくまで人間らしいものである。彼は若く、美男でなければならず、シェイクスピアは彼を28歳としている。シェイクスピアのこの傑作が生まれるもととなった物語の著者、チンツィオ・ジラルディは、ヤーゴについて「非常に容姿端麗な、しかしこの世の人間として存在しうる最高に邪悪な生まれつきの旗手」と記している。

　彼は美男でなければならず、若々しく、健全にして誠実率直、ほとんど善良に見えなければならない。実際、彼をよく知る妻を除けば誰からも正直と信じられている。もし彼に容姿によって好感を呼び、見るからに正直という大きな魅力がなければ、策略をしかけたとき彼がそうであるほどに強い力を発揮することはできないはずである。

　彼の巧みな技の一つは、何とか騙そう、あるいは支配しようとする相手が誰であるかによって変貌するという、彼の持っている特有のやり方である。

　カッシオには気さくで愛想よく、ロデリーゴには皮肉、オテッロには善良で礼儀正しく献身を旨として従順、という態度を示す。エミーリアには乱暴で威嚇的、デズデーモナとロドヴィーコには追従を含んで恭しく、である。これがこの男の本性、外見、多様な顔ということになる。

デズデーモナ

　この人物を演じることになられるご婦人たちには、険しい眼つきをしないこと、体や腕を使って派手な動きをしないこと、超大股で ― 原語では"1ペルティカ（3メートルほどに当たる）の大股で"とひどく誇張した表現 ― 歩かないこと、いわゆる"舞台栄え"を求めようとしないこと、をお勧めしたい。もし歌手が賢明にして芸術への敬意を持つようなら、求めずとも舞台栄えは得られることになり、賢明でないようなら得られずしていたずらに求めることになる。顔つき、眼差し、口調、これが舞台芸術における表現の三つの源。恐怖が極度に達する例外的場合をのぞき、歪めることない顔、見開くことない目、強調しすぎることない口調であらゆる悲しみやあらゆる喜びが表現できるはずである。デズデーモナという貞節なうえにも貞節で柔和な人物には、愛、清純、気高さ、従順、無邪気、諦念などの重要な感情が表れ出てこなければならない。彼女の物腰が自然で穏やかであればあるほど、観客に感動を呼び起こすことになり、さらに若さと美しさのもたらす優雅さがあればこうした印象はより完全になることになる。

エミーリア

ヤーゴの妻。デズデーモナに対して献身的。非情な夫を憎みもし、恐れもし、そして彼の暴力と支配に屈し、またその背徳の精神を知っている。だが、最後には、反逆する被抑圧者とばかりに持てる力と勇気のすべてを以ってして彼に関する悪事を暴露する。

カッシオ
　ヴェネト共和国の尉官。美男にして非常に若く、陽気で、才気煥発、靡(なび)きやすい女性相手の優雅な征服者である彼は、少々移り気な恋をして熱くなり、少々己惚れが強く、だが剣を手にして大胆に危機を乗り越えることのできる勇敢な兵士である。剣術の名手、自身の名誉を用心深く守ろうとする男。

ロデリーゴ
　若いヴェネツィアの紳士であり、富裕で優雅、そしてデズデーモナに熱烈に、が、あくまでもプラトニックな恋心を抱いているが、彼女はそれを知らない。非現実的な思い込みの強い男、単純な男、ヤーゴの意のままに幻想を抱いて言いなりに動かされる夢想家である。ヤーゴは自分の策謀遂行のために御しやすく無抵抗な道具として彼を利用する。

ロドヴィーコ
　ヴェネト共和国の元老院議員。キプロス島への使節。まだ若年であるにもかかわらず重厚な男。彼には任じられた高位の職務にふさわしい名士の風が見受けられる。彼の容貌と言葉は際立った威厳がある。

モンターノ
　キプロス総督府のオテッロの前任者。義務に忠実な戦士、優れた剣の使い手、強健な兵士、厳格な指揮官。

アルリーゴ・ボーイト

＊１　イタリア語の gelosia と invidia をそれぞれ"嫉妬"と"羨望"として訳したが、原語一語に訳語一語を充てたのでは十分に訳出できないと感じられる原語の gelosia と invidia の意味について少し補足を添えておきたい。gelosia は、自分の愛する者の愛情、また貞節が失われるのを恐れるあまり、事実そうであるか思い違いであるかにかかわらず、相手がよそへ思いを向けているのではないかと疑い、愛する者とその相手、あるいは相手とおぼしき者に怒りや憎しみ、激しい攻撃性等を抱くことをいう。invidia は、ラテン語の invidēre（悪意で見る）を語源とし、他人を悪意、反感、敵意等をもって見る感情や態度が本来の意味であるが、そこから他人の幸福や好運、自分より優れていることや恵まれていることに対して羨み、嫉(ねた)み、恨み、悲憤等を抱くことをいう。

＊２　シェイクスピア学者によれば、1622年の四つ折り判（クォート）初版には登場人物表はなく、1623年の二つ折り判（フォーリオ）に付されているということである。

第1幕

ATTO PRIMO

ATTO PRIMO
第1幕[*1]

L'esterno del Castello.
城砦の外側

*1　オペラ《オテッロ》は4幕仕立で、原作であるシェイクスピアの『オセロウ』は5幕仕立てであるのは多くの方がご存知と思う。オペラでは、場面がヴェネツィアである原作の第1幕が除かれている。それにより全幕を通して原作の第2幕以降の場面であるキプロス島が舞台となり、場所の統一が用意された。原作の第1幕は、しかし、ドラマの展開の序章ともいえ、ヴェネツィアとキプロスがおかれた地中海状況、登場人物たちの身分や背景、心情や性格づけ、相関関係等が豊かに盛り込まれている。そうした第1幕の筋の運びのあらましを少しだけ見てみるなら、こんな風である。ヤーゴ（原作は英語式の発音でイアーゴと表記されるが、オペラの人物の表記を用いることとしたい。他の人物についても同様）はオテッロの旗手として多くの戦いをともにしてきたものの、オテッロが自分より戦功において劣るカッシオを副官に選んだがために自分は昇進できないことを恨みに思い、憎しみと復讐心を抱いている。彼の知人で資産家のロデリーゴは、元老院議員ブラバンツィオの娘デズデーモナに恋焦がれているが、彼女はすでに密かにオテッロと結婚してしまった。異邦の黒人と娘の結婚に反対する父親は元老院に結婚の異議申し立てをするが、しかし折からトルコ艦隊によるヴェネツィア統治下のキプロス島攻略の報が届いたために大公と議会はオテッロをキプロスの総督兼トルコ征討の指揮官に任命することを決め、結婚の件も父親の申し立てと異なりオテッロ並びにデズデーモナの愛が本人たちの証言によって正当なものと判断され、オテッロは即時キプロスへ出立することになる。デズデーモナも夫に同行を望んだために、ヤーゴが乗る後続の船で、彼と彼の妻に付添われてキプロスへ向かうことになる。デズデーモナの旅立ちで愛する存在を失うことになると失望するロデリーゴをとらえて、ヤーゴはまだ脈はある、彼女はほどなく異邦人の夫に嫌気がさすことになる、自分の計らいでうまくことを運んでやると彼を巧みに唆（そそのか）し、それには金が必要だろうからと全財産を処分させ、キプロスへ向かう気にさせる。ヤーゴの胸のうちには、すでに、自分を出し抜いた美男のカッシオへの妬みから彼を利用して憎むべきオテッロに嫉妬心を抱かせて仕返してやると ― 実はヤーゴはオテッロが自分の妻の床の相手をした疑い、カッシオにもまたその気配ありと憶測している ― 悪の目論見が宿っている。そしてこの第1幕後、個々には異なる箇所が少なくないが、原作の第2幕がオペラの第1幕、第3幕が第2幕のように対応していく。オペラの台本が原作の第1幕を除いたとはいえ、もちろんすべてそのまま取り去ったのではない。オペラの台本は、台本としてそれだけで完結するものであるから、この台本対訳で原作との比較等をするのは適切でないだろうが、省かれた幕のなかのいくつかの事柄や科白がオペラ台本に巧みに組み込まれたことでオペラの情況展開と人物理解に役立っていることを考え、ごく簡単にそれを取り上げておきたい。☆原作の第1幕第1景：ヤーゴはロデリーゴに、オテッロが自分をさしおいてカッシオを副官に取り立て、自分は旗手のままであることへの恨みから彼を憎んでいると語る → オペラ第1幕第1景。☆原作第3景：オテッロとデズデーモナが元老院議員たちの前で、相手への愛をそれぞれに何ゆえに生じ、どれほどのものかを証言する → オペラ第3景。証言中の言葉はかなりそのままオペラに取り入れられているが、情況は大きく異なり、二人だけの愛の陶酔の場面となる。☆原作第3景：ヤーゴはロデリーゴにデズデーモナのオテッロへの愛が長く続くことはあり得ない、いずれ君のものになる、と巧みに語る → オペラ第1景。☆原作第3景：ヤーゴは憎いムーア人に仕返ししようと悪辣な企てを思いめぐらし、それを吐露する → オペラ第2幕第2景、ヤーゴのクレド。

Una taverna con pergolato. Gli spaldi nel fondo e il mare. È sera. Lampi, tuoni, uragano.*1

蔓棚を備えた一軒の居酒屋。舞台奥に斜堤、そして海。夕暮れである。雷光、雷鳴、暴風雨。*2

Scena prima*3　　第1景

[**Jago, Roderigo, Cassio, Montàno*4, più tardi Otello. Cipriotti*5 e Soldati veneti.**
ヤーゴ、ロデリーゴ、カッシオ、モンターノ、後からオテッロ、キプロス島民たちとヴェネトの兵士たち]

ALCUNI DEL CORO*6 合唱の数人	Una vela ! 帆が！
ALTRI DEL CORO*6 合唱の別の数人	Una vela ! 帆だ！
IL PRIMO GRUPPO*6 最初の数人	Un vessillo ! 軍旗が！
IL SECONDO GRUPPO*6 二番目の数人	Un vessillo ! 軍旗だ！
MONTÀNO モンターノ	È l'alato Leon ! 翼のある獅子*7だぞ！

---

*1　譜面ではオーケストラ総譜、ピアノ・ヴォーカル譜ともに、曲冒頭4小節目に（S'alza subito il sipario. すぐに幕が上がる）と指示がある。この対訳ではこの先、台本と譜面の相違点があればそれを示していきたいが、オーケストラ総譜については（総）、ピアノ・ヴォーカル譜については（ピ）と略号を用いたい。なお、譜面に関して参照したのは、オーケストラ総譜はRICORDI社刊1976年版、ピアノ・ヴォーカル譜はRICORDI社刊、Michele Saladino編曲による1964年版である。

*2　ボーイトの登場人物像に関する記述のページで『オペラ《オテッロ》のための舞台公演用指示書（Disposizione scenica per l'opera OTELLO）』について言及したが、このような舞台設定についても、同指示書には詳細な図解を付した説明と指示がある。指示書はスカラ座という劇場が実現した舞台づくりの一案の記録ではあるが、ヴェルディとボーイトが目を通していることから考えるなら、一つの規範として参照をお薦めしたい。

*3　譜面では、（ピ）には台本と同じに景分けがあり、（総）にはそれの明記がない。

*4　Montànoとアクセント記号が付されているが、正字法では必ずしもこの記号を必要としない。このような表記としたのは、MontànoでなくMóntanoという発音もあり得るためであろう。

*5　正字法ではCipriota（単数）、Cipriotti（複数）と、tは1つ。

*6　譜面では、合唱は冒頭テノールとバスの掛け合いの台詞であるが、（総）にはCipriottiの記述なしで声部の指定のみ、（ピ）はCipriottiとある。その後はCoro（合唱）とのみで、台本のような合唱のグループ分けの指示等はなし。

*7　ヴェネト共和国、またヴェネツィアの町の紋章を意味している。

CASSIO カッシオ	Or la folgor lo svela.	
	そら、雷光が紋章を*¹照らし出してる。	
ALTRI che sopraggiungono *² 後から加わってくる別の者たち		Uno squillo !
		ラッパの音*³が！
ALTRI che sopraggiungono さらにまた加わってくる別の者たち	Uno squillo !	
	ラッパの音だ！	
TUTTI **全員**		Ha tuonato il cannon.*⁴
		大砲*⁵がとどろいた。
CASSIO カッシオ	È la nave del Duce.*⁴	
	指揮官の船だ。	
MONTÀNO モンターノ		Or s'affonda,
		今、沈むかに見え
	Or s'inciela...	
	今度は天までとどく…	
CASSIO カッシオ		Erge il rostro dall'onda.
		波から船首を持ち上げる。
METÀ DEL CORO *⁶ 合唱の半分	Nelle nubi si cela e nel mar,	
	雲間に隠れたら、こんどは海に、	
	E alla luce dei lampi ne appar.	
	そしてそこから稲妻の光に照らされ姿を見せる。	

*1　原文は"lo ＝それを"であって、紋章と表現してはいない。
*2　譜面では合唱に別の人々が加わるとの指示は見られない。
*3　原単語のsquilloは甲高い、あるいは鋭く響く音や声全般の意味であり、文字上からは人々の叫び声かその他の音か判断が難しいが、（総）に"una tromba in Do（cのトランペット）"、（ピ）に"trombe sul palco（舞台上のラッパ）"とあるので"ラッパ"と限定して訳した。
*4　（ピ）はピリオドでなく"！"を付している。句読点に関して、台本と（総）と（ピ）で差異のある箇所があり、それを註としたいが、全てを記すとかなり煩雑でもあり、そこで句読点の差異が解釈への影響大であるような場合、文の切れ目が異なる場合（"."が";"である場合等）に採り上げることとしたい。
*5　大砲は、ここでは礼砲の意。
*6　譜面では半分との指示はなく、詩句の1行目はテノール、2行目はテノールとバスに割り振られている。

TUTTI 全員		Lampi ! tuoni ! gorghi ! turbi tempestosi e fulmini !
		閃光！雷鳴！渦！荒れ狂う疾風、さらに稲妻！

Treman l'onde,*¹ treman l'aure,*¹ treman basi e culmini.
　波が震え、大気が震え、天も地も*²震えている。

Fende l'etra un torvo e cieco spirto di vertigine,
　恐ろしくもまた見境ない、目眩もたらす物の怪が天を裂き

Iddio scuote il cielo*³ bieco, come un tetro vel.
　神は不吉さ孕む暗幕のような空を揺るがす。

Tutto è fumo ! tutto è fuoco ! l'orrida caligine
　一面が煙だ！一面が炎だ！恐ろしい濃霧が

Si fa incendio, poi si spegne più funesta,*⁴ spasima
　火の海と化し、そのあと消えていっそう不気味になり、喘いでいる、

L'universo, accorre a valchi l'aquilon fantasima,
　全世界が、化け物北風*⁵が谷を抜け来て吹きつける。

I titanici oricalchi squillano nel ciel.
　巨大なラッパ*⁶が空で鳴り響く。

*(entrano dal fondo molte donne del popolo)*⁷
　（舞台奥から多数の民衆の女たちが登場する）

TUTTI　*(con gesti di spavento e di supplicazione e rivolti verso lo spaldo)*
全員　　（驚愕と哀願の身振りをし、斜堤の方へ向いて）

Dio, fulgor della bufera !
　嵐の雷光なられる神よ！

Dio, sorriso della duna !
　砂丘の微笑なられる神よ！

Salva l'arca e la bandiera
　救いたまえ、ヴェネトの

---

*1　（総）（ピ）ともに"！"としている。
*2　原文は"下も頂点も"の意であり、"全てが引っくり返るほど"といった意味合い。
*3　（総）（ピ）ともに ciel. 語尾が落ちたために音節数が1音節減じるが、Iddio を Id-dì-o と3音節に数えることで他行と同じに8音節＋6音節（14音節）詩行として整えられる。
*4　（総）（ピ）ともに"."で詩句を切り、4小節空けて Spasima～と新たな文頭にしている。
*5　ヴェネト地方の山岳地帯から吹き寄せる疾風は、どこから来るとも分からないほど素早く山や谷を抜けて吹いてくるのがまるで化け物や亡霊のようであるところから、この名が付けられたという。
*6　原単語の oricalchi は主として軍隊で使われる真鍮のラッパであるが、ここでは雷鳴を意味している。
*7　譜面ではこのト書は上記の Fende l'etra～の箇所に付され、人物の登場とともに Ah !.. と喚声が入る。Ah ! は次行の最後にもあり。

	Della veneta fortuna !
	命運になう船と旗を！*1
	Tu, che reggi gli astri e il Fato !
	御身、星々と運命を治められるお方！
	Tu, che imperi al mondo e al ciel !
	御身、地上と天におかれて君臨されるお方！
	Fa che in fondo al mar placato
	なしたまえ、凪いだ海の底に
	Posi l'àncora*2 fedel.*3
	しっかり錨が下りるよう。
JAGO ヤーゴ	È infranto l'artimon !
	主帆が裂けたぞ！
RODERIGO ロデリーゴ	Il rostro piomba
	舳の衝角が突っ込む、
	Su quello scoglio !
	あの岩の上に！
CORO 合唱	Aita ! Aita !
	お助けを！お助けを！*4
JAGO ヤーゴ	*(a parte)**5
	(傍白で)
	(L'alvo
	(海の*6

*1 　原文は"ヴェネトの運命担う"がこの行、"船と旗"は前行。
*2 　原台本および譜面では áncora と開口のアクセント記号が付されているが、正字法では開口のアクセント記号であるので、ここでは à とした。また正字法ではこのアクセント記号を必ずしも必要としないが、非常によく使われる単語の ancóra と区別をはっきりさせるために付される。この先、アクセント記号に関して、原台本あるいは譜面で正字法によらない箇所があるが、この対訳では正字法に従うこととし、すべてを取り上げて註にすることはしない。
*3 　(ピ) のみ "!" としている。
*4 　Aita！は"助けてやれ、助けを出せ"の意でもあり得るが、『舞台公演用指示書』には"合唱は両手を天に向けて上げて"とあり、この動作は神に願を乞うことを意味するので、"神よ、我らをこの苦境から救いたまえ"の意で、この訳とした。
*5 　(総)(ピ) ともに (a Roderigo ロデリーゴに) としている。台本にある傍白であれば、ロデリーゴに向けて他に聞こえないように発する言葉とも、ヤーゴが自身の胸のうちを口にするとも考えられる。『舞台公演用指示書』はこの箇所について「ヤーゴ、ロデリーゴの手を取って急いで階段を下り、人々を掻き分けながら舞台中央に進み、激しい憎しみの語調で"〜"と叫ぶ」としている。この解釈では、譜面に沿ってロデリーゴに向けられた台詞になる。
*6 　原文ではこの語は次行。原文のこの行の alvo は、"底"と訳したが、原意としては"奥まった所"。

	Frenetico del mar sia la sua tomba !)
	荒れ狂う底がきゃつの墓となれ！）
CORO 合唱	È salvo ! salvo !
	無事だ！助かったぞ！
VOCI INTERNE 舞台裏の声	Gittate i palischermi !
	備えの小舟を下ろせ！
	Mano alle funi ! Fermi !
	太綱に手を！しっかりと！
PRIMA PARTE CORO[*1] 合唱の一組目	Forza ai remi !
	力いっぱい漕げ！[*2]
SECONDA PARTE[*1] 二組目	*(scendono la scala dello spaldo)*
	（斜堤の階段を降りる）
	Alla riva !...
	岸へ向けて！…
VOCI INTERNE 舞台裏の声	All'approdo ! allo sbarco !
	接岸しろ！上陸だ！
ALTRE VOCI INTERNE 舞台裏の別の声	Evviva ! Evviva ![*3]
	やったぞ！やったぞ！[*4]
OTELLO オテッロ	*(dalla scala della spiaggia salendo sullo spaldo con seguito di marinai e di soldati)*
	（海辺の階段から斜堤へ水夫と兵士の供回りとともに上がりながら）
	Esultate ! L'orgoglio musulmano
	歓喜せよ！回教徒の驕りは
	Sepolto è in mar; nostra e del cielo[*5] è gloria !
	海中に葬られた、栄光は我らの、そして天のものである！
	Dopo l'armi lo vinse l'uragano.
	武力についで暴風雨がそれを打ち破ったのだ。
TUTTI 全員	Evviva Otello ! - Vittoria ! vittoria !![*6]
	万歳、オテッロ！－勝利だ！勝利よ!!

---

*１　譜面では最初をテノール、次をバスのパートに振り分けて、２組に分けるとの表現はない。
*２　原意は"オールに力を"。
*３　譜面では最初の Evviva！をキプロス人、次を舞台裏の声、三度目を全員としている。
*４　原文の意は歓喜の叫びの"万歳"。
*５　（総）（ピ）ともに ciel。この詩行の音節の数に変化はない。
*６　（総）（ピ）ともに感嘆符の"!"は一つ。

	(Otello entra nella rôcca, seguito da Cassio, da Montàno e dai soldati)
	（オテッロ、カッシオとモンターノと兵士たちが後に続いて城砦へ入る）
CORO 合唱	Vittoria！ Sterminio！
	勝利だ！ 殲滅だ！*¹
	Dispersi, distrutti,
	彼らは蹴散らされ、打ちのめされ
	Sepolti nell'orrido
	恐ろしい混乱につつまれ
	Tumulto piombâr.
	真っ逆さまに沈んでいった。
	Avranno per *requie*
	彼らは得よう、鎮魂歌に代えて
	La sferza dei flutti,
	波の鞭打ちを、
	La ridda dei turbini,
	渦の輪舞を、
	L'abisso del mar.
	海の奈落を。
CORO 合唱	Si calma la bufera.
	嵐が静まる。
JAGO ヤーゴ	*(in disparte a Roderigo)*
	（傍らに寄って、ロデリーゴに）
	Roderigo,
	ロデリーゴ、
	Ebben, che pensi?
	はてさて、何をお考えで*²？

＊1　原文は"勝利"、"殲滅"とのみ。

＊2　ヤーゴはロデリーゴに対して親称の二人称である"tu"で会話を進めるが、親称が肉親や親しみ、親愛の情、信頼の持てる相手、また未だ個の確立しない子供などに使われる一方、"tu"を使われる相手が蔑みや揶揄やふざけの対象であることもある。ヤーゴはロデリーゴに表向きは頼りになる親しい友人として接するが、実は自分の意のままになるお人好しと考え、馬鹿にしながら、自分の悪巧みに利用しようとしている。そうした思いから親称"tu"となる。オペラで省かれたシェイクスピアの原作第1幕ではヤーゴとロデリーゴの対話に多くが充てられ、それを知ってここの台詞を見ると、台本が省かれた第1幕の要点をわずかな詩行で巧妙に表現しているのが分かる。

RODERIGO ロデリーゴ	D'affogarmi...
	身投げしようかと…
JAGO ヤーゴ	Stolto
	愚かだ、

È chi s'affoga per amor di donna.[*1]

女への愛のために溺れ死ぬやつは。

RODERIGO ロデリーゴ	Vincer nol so.
	それが駄目なのだ。[*2]

(alcuni del popolo formano da un lato una catasta di legna: la folla s'accalca intorno turbolenta e curiosa)

(人々のうちの何人か、舞台片側で木を重ねた薪の山を作る、群衆がその周りに興味を惹かれてざわめきながら集まる)

JAGO ヤーゴ	Suvvia[*3], fa senno, aspetta
	さあ、いいから、分別して待ちたまえ、

L'opra del tempo.[*4] A Desdemona bella,

時の手並みを。美しいデズデーモナには

Che nel segreto de' tuoi sogni adori,

あんたが夢の奥底で恋慕う彼女には

Presto in uggia verranno i foschi baci

早晩うとましくなる、いやらしい接吻が、

Di quel selvaggio dalle gonfie labbra.

分厚い唇をしたあの野蛮人の。

Buon Roderigo, amico tuo sincero

人のいいロデリーゴ、あんたの誠実なる友である

Mi ti professo, né in più forte ambascia

僕があんたに明言する、もっとひどい苦しみでないんなら[*5]

---

*1 (ピ) はこの箇所に次のト書が見られる。(nel fondo è un andirivieni della ciurma che sale dalla scala della spiaggia ed entra nel castello portando armi e bagagli, mentre dei popolani escono da dietro la ròcca portando dei rami da ardere presso lo spaldo; alcuni soldati con fiaccole illuminano la via percorsa da questa gente. 舞台奥に海辺の階段を上がってきて武器や行李を運んで城へ入る水夫の行き来が見える、その一方、城砦の後ろから何人かの島の住民が斜堤のそばで燃やすための薪を持って現れる、これらの人々の通り道を松明を手にした何人かの兵士が照らす)

*2 原意は"それに打ち勝てないのだ"。それ＝lo とは愛＝amore。

*3 (総) (ピ) ともに Su via と表記。

*4 譜面では";"であり、文を切らずに続けている。

*5 "こんなことぐらいなら"の意。

Soccorrerti potrei. Se un fragil voto
あんたを助けられると。女の脆(あやう)い誓いは

Di femmina non è tropp'arduo nodo
堅きに過ぎる絆でないとすれば

Pel genio mio né*1 per l'inferno, giuro
僕の才知によって、地獄によらずとも、請合おう、

Che quella donna sarà tua. M'ascolta,
あの女性(にょしょう)はあんたのものになると。そこでだが*2

Bench'io*3 finga d'amarlo, odio quel Moro.
俺はやつを好いてる振りをしてるのだが、あのムーア人を憎んでいる。

*(entra*4 Cassio: poi s'unisce a un crocchio di soldati)*
(カッシオ登場する、そしてその後、兵士たちの仲間に合流する)

(Jago sempre in disparte a Roderigo)
(ヤーゴ、変わらず傍によってロデリーゴに)

...*5 E una cagion dell'ira, eccola, guarda.
…で、その怒りのわけというのは、そらあれだ、見てくれ。

(indicando Cassio)
(カッシオを指して)

Quell'azzimato capitano usurpa
あのめかし屋の隊長は横取りしやがる、

Il grado mio, il grado mio che in cento*6
俺の地位を、俺の地位、それは百にもおよぶ

---

*1 (総)(ピ)ともに台本と同じに nè としているが、正字法では閉口アクセントの né。原台本ではアクセントのある e と o について、ここの nè のようにほとんどの場合に閉口アクセントの記号の箇所に開口の記号を付している。対訳のテキストでは、前註にも記したが、正字法によるアクセント記号を使いたいと考え、この先も原台本が開口記号であっても正字法の記号に従うこととする。

*2 原意は "俺の話を聞け"。

*3 譜面では benchè。詩行の音節数に変化はない。

*4 原台本では、このト書文は (Entra Cassio: 〜) のように文頭を大文字にしている。ここまでのト書では、それがセンテンスである場合も文頭を大文字にはしておらず、ここで大文字になる理由ははっきりしない。恐らく明確な基準はないと考えられるので、対訳では、ト書に関してはこの先、句と文（センテンス）のどちらも小文字で始まる形をとりたい。

*5 譜面では前行の Moro にピリオドでなく "..." が付されている。原台本ではここに "..." があるが、文頭のこの ... の意味は、恋の話題で唆してロデリーゴを自分の側に引き入れようとし、その話の延長上でカッシオに言及しようとしたところ、当の彼が現れたことで彼に対する自分の恨みや羨望が込み上げる瞬時の胸のうちを表していると考えられる。

*6 (総)(ピ)ともに、ここに (continua il passaggio della bassa ciurma nel fondo 舞台奥で下級船員の往来が続く) とト書あり。

Ben pugnate battaglie ho meritato;
　よくぞ戦った戦闘でその価値ありだったというに、

Tal fu il voler d'Otello, ed io rimango
　オテッロの望みがそうだったのだ、それで俺はとどまる、

Di sua Moresca signoria l'alfiere !
　あのムーア人配下の旗手に！

(dalla catasta incominciano ad alzarsi dei globi di fumo sempre più denso)
　（薪の山から何本かモクモクと煙が上がり始め、どんどん濃くなっていく）

Ma, come è[*1] ver che tu Rodrigo sei,
　だが、あんたがロドリーゴ[*2]であるのが真実であるように

Così è pur certo[*3] che se il Moro io fossi
　それほどに確かだ、もし俺様があのムーア人なら

Vedermi non vorrei d'attorno un Jago.
　自分の周りにヤーゴのような者を見たくないってのは。[*4]

Se tu m'ascolti...
　もしあんたがわたしに耳を傾けるなら…

(Jago conduce Rodrigo verso il fondo)[*5]
　（ヤーゴ、ロドリーゴを舞台奥の方へ連れていく）

(il fuoco divampa. I soldati s'affollano intorno alle tavole della taverna)
　（火が燃え上がる。兵士たち、居酒屋のテーブルの周りに群がる）[*6]

[*1] （総）（ピ）ともに<u>com'è</u>。詩行の音節数に変化はない。

[*2] ここではロデリーゴ（Roderigo）をロドリーゴ（Rodrigo）と表記。この人物名がRoderigoかRodrigoかはヴェルディとボーイトにとっても最後まで曖昧であったようで、二人の間の手紙でも両者の例が残されている。原台本中には、これ以外にも数箇所Rodrigoが見られる。

[*3] （総）（ピ）ともに"vero 真実だ"。

[*4] ボーイトの台本でのこの一文は疑問の余地なく対訳通りの意であるが、シェイクスピアの第1幕でこれに当たる部分（were I the Moor, I would not be Iago）は、意義を明確にしにくいようである。いくつかの日本語訳があるが、"君がロダリーゴウであるほどにたしかなことは、おれがムーアなら、おれはイアーゴウではないんだ"、"おれがムーアの地位にいるなら、なんでイアーゴウでいるものか"等々である。漱石も試訳をしていたそうで、それによれば"もし余がムーアならば、余は果たしてなんぞ。ムーアはムーアである。イアーゴはイアーゴである"。ボーイトとヴェルディもこの一文には迷ったことが手紙に残っており、C. ルスコーニの伊語訳を参照していたヴェルディは ― 主としてV. ユゴーの仏語訳を使っていたボーイトもルスコーニは参考にしていたようだが ―「ルスコーニの訳は正しくないかも知れないが、これが良い」とボーイトに伝え、台本はルスコーニ訳にほとんど同じ台詞となったようである。

[*5] 譜面ではこのト書のみ。

[*6] シェイクスピアの原作では、わざわざ第2幕第2景を1つ割り当てて、トルコ艦隊への戦勝とさらに結婚の祝日でもあることからオセロウが祝宴を振舞う旨の布令が伝令官によって城外に宣せられる。祝いの焚火、遊戯、遊宴、飲食すべて、5時から11時の鐘が鳴るまで、好みのままに自由ということで、これにより焚火の意味、祝宴の時間が分かる。

CORO
合唱
(mentre dura il canto intorno al fuoco di gioia, i tavernieri appenderanno al pergolato dell' osteria delle lanterne veneziane a vari colori che illumineranno gaiamente la scena. I soldati si saranno adunati intorno alle tavole, parte seduti, parte in piedi, ciarlando e bevendo)[1]

（祝賀の篝火の周りで歌が続く間、居酒屋の者たちが店の蔓棚に色とりどりのいくつかのヴェネツィア式ランタンを下げ、それが舞台を明るく照らすことになる。兵士たちはテーブルの周りにそれまでにすでに集まり、一部は座り、一部は立って、喋ったり飲んだりする）

Fuoco di gioia！- l'ilare vampa
　　祝賀の篝火よ！- 陽気な明るい炎が

Fuga la notte - col suo splendor,
　　夜を追い払う - その輝きで、

Guizza, sfavilla - crepita, avvampa
　　揺らめき、火の粉ちらし - はぜて、燃え上がる、

Fulgido incendio - che invade il cor.
　　煌く火炎が - これは心に沁みる。

Dal raggio attratti - vaghi sembianti
　　輝く光に誘われ - 綺麗な姿が

Movono intorno - mutando stuol,
　　そこここで動き - 群れる形を変えていく、

E son fanciulle - dai lieti canti,
　　それは楽しい歌を口にする - 乙女たち、[2]

E son farfalle - dall'igneo vol.
　　それは火の粉の放つ - 蝶々たち。[2]

Arde la palma - col sicomoro,
　　シュロが燃える - エジプトイチジクと、[3]

Canta la sposa - col suo fedel,
　　花嫁が歌う - 彼女の真心あるお相手と、

Sull'aurea fiamma - sul gaio coro
　　金色の炎にのり - 陽気な歌声[4] にのり

---

[1] 譜面ではト書は次のように短い。(Il fuoco divampa. Il tavernieri illuminano a festa il pergolato 火が燃え上がる。居酒屋の者たち、蔓棚を祝い用に明りで飾りつける)
[2] 訳文は - の前後で原文の語順と反対になっている。
[3] シュロは勝利、エジプトイチジクは棺を作る材料であるところから死を意味するので、勝利と死を連想させる詩句か？
[4] 歌声は原意では"合唱"。

Soffia l'ardente - spiro del ciel.
吹きよせる、熱くなった‐空の息吹が。

Fuoco di gioia - rapido brilla !
祝賀の篝火は‐すぐに輝きわたる！

Rapido passa - fuoco d'amor !
すぐにも移りゆく‐恋の火は！

Splende, s'oscura - palpita, oscilla,
輝き、かげり‐ぱっと激しく、高くまた小さく

L'ultimo guizzo - lampeggia e muor.
炎の[*1]最後の揺らめきは‐閃光放ち、そして消えていく。

(il fuoco si spegne a poco a poco: la bufera è cessata)
（火が次第に消える、嵐は止んでいる）

(Jago, Roderigo, Cassio e parecchi altri uomini d'arme intorno a un tavolo dove c'è del vino: parte in piedi, parte seduti)
（葡萄酒の置いてあるテーブルの周りにヤーゴ、ロデリーゴ、カッシオ、そして他の多くの軍人たち、一部は立ち、一部は座っている）

JAGO
ヤーゴ

Roderigo, beviam ! qua la tazza,
ロデリーゴ、飲むとしよう！コップを、こちらへ、[*2]

Capitano.
隊長。

CASSIO
カッシオ

　　Non bevo più.
　　もう飲まない。

JAGO
ヤーゴ

(avvicinando il boccale alla tazza di Cassio)
（片口容器をカッシオのコップに近づけながら）

　　　　　Ingoia
　　　　ぐっとお飲みに、[*3]

Questo sorso.
この一杯を。

---

*1　原文に"炎の"はないが、意味の補足のために入れた。
*2　文字上は"コップがここにありますよ"とも解されるが、『舞台公演用指示書』によれば"ヤーゴが酒壺を取ってカッシオに向かって"とあるので、ヤーゴはカッシオに注ごうとしていると解される。
*3　ヤーゴにとってカッシオは上司であるが、親愛と信頼の情を装って、親称の二人称 tu で会話をする。

CASSIO カッシオ	*(ritirando il bicchiere)* （酒盃を引っ込めながら）	
		No. 結構。
JAGO ヤーゴ		Guarda！oggi impazza ご覧に！今日は大騒ぎしてますよ、
	Tutta Cipro！è una notte di gioia, キプロス中が！祝賀の夜です、	
	Dunque... とあれば…	
CASSIO カッシオ		Cessa. Già m'arde il cervello やめてくれ。もう脳味噌が燃えてる、
	Per un nappo vuotato. 一杯飲み干したもので。	
JAGO ヤーゴ		Sì, ancora そうですよ、もっと
	Ber tu devi.[*1] Alle nozze d'Otello あなたに飲んでもらわねば。婚礼を祝って、オテッロと	
	E Desdemona！ デズデーモナの！[*2]	
Tutti[*3] 全員	*(tranne Roderigo)* （ロデリーゴを除いて）	
		Evviva！ 万歳！
CASSIO カッシオ	*(alzando il bicchiere e bevendo un poco)* （酒盃を上げ、少し飲みながら）	

[*1] （総）（ピ）ともに bere を現在では日常的に使われなくなった古い形 bevere とし、主語の tu を除いて "bever devi"。意味は大きく変わらない。

[*2] 文字上ではこの台詞は前句に続いてカッシオに向けて発せられると考えてもよいだろうが、『舞台公演用指示書』では、ヤーゴはロデリーゴに目配せしたのち、カッシオに無理に勧めて酒盃を満たし、それから合唱の方へ向いて "Alle nozze〜" と叫ぶとある。したがってこの台詞は "居合わせる人々に杯を上げることを促す" ことになる。そこで "婚礼のために" でなく "婚礼を祝って" とした。

[*3] （総）（ピ）ともに "ロデリーゴ以外" ではなく、合唱のみに "Evviva！"。

	Essa infiora
	あのお人は花をそえる、
Questo lido.	
この地*¹に。	
JAGO ヤーゴ	*(sottovoce a Roderigo)* (小声でロデリーゴに)
	(Lo ascolta.)
	(あれの言うことを聞いておけよ。)
CASSIO カッシオ	Col vago
	麗しい
Suo raggiar chiama i cuori*² a raccolta.	
輝きで彼女は人の心を呼び寄せる。	
RODERIGO ロデリーゴ	Pur modesta essa è tanto.
	しかもあの女性はあんなに慎ましい。
CASSIO カッシオ	Tu, Jago,
	君、ヤーゴ、
Canterai le sue lodi !	
彼女を称える賛歌を歌うんだ！	
JAGO ヤーゴ	*(a Roderigo)**³ (ロデリーゴに)
	(Lo ascolta.)
	(彼の言うことを聞いとけよ。)
	(forte a Cassio) (強く*⁴ カッシオに)
Io non sono che un critico.	
わたしは聞き手*⁵のほかではないんで。	

---

* 1 "lido"は"砂洲、砂浜、海岸"の意だが、詩では国、土地の意としても使われる。
* 2 （総）（ピ）ともに"cori"。意味は同じ。
* 3 譜面では (piano a Roderigo ロデリーゴにそっと)。
* 4 ここは声音や語調を"強く"でなく、ロデリーゴに小声で耳打ちするのに対して"普通の台詞として"の意。
* 5 原意は"批評家"であるが、『舞台公演用指示書』ではこの台詞に"取り繕ったきざな遠慮深さで冗談めかして"と演技指示をつけている。シェイクスピアの原作にも自身を批評家と称する場面があるが ― デズデーモナに対しての科白で ―、菅泰男氏の訳では"口の悪いのだけが取柄ですからな"とある。

カッシオ CASSIO	Ed ella 大体、彼女は
	D'ogni lode è più bella. どんな誉め歌より美しい。
JAGO ヤーゴ	*(come sopra, a Roderigo, a parte)* (前と同じように、ロデリーゴに、傍白で)
	(Ti guarda (用心しろ、
	Da quel Cassio. あのカッシオに。
RODERIGO ロデリーゴ	Che temi? 何を気にかけてる？
JAGO ヤーゴ	*(sempre più incalzante)*＊1 (どんどん急き立てて)＊2
	Ei favella あいつは喋ってる、
	Già con troppo bollor, la gaglïarda すでにひどく熱っぽく、旺盛な
	Giovinezza lo sprona, è un astuto 若さがやつに拍車をかけるもので、あれは狡猾な
	Seduttor che t'ingombra il cammino. 君の恋路＊3を邪魔する女誑しだ。
	Bada… そこでだが＊4…
RODERIGO ロデリーゴ	Ebben? というと？
JAGO ヤーゴ	S'ei s'innebbria è perduto ! あいつは酔っぱらうと正体を失う！
	Fallo ber.) やつに飲ませたまえ。)

＊1　譜面では"incalzando sempre più"の語順で、ト書でなく音楽の表現用語。
＊2　相手を自分のペースに引き込んで余裕を与えずに説得するための態度として。
＊3　原文は単に"道"の意。
＊4　原意は"注目しろ、考えろ"。

(ai tavernieri)

（居酒屋の給仕たちに）

Qua, ragazzi, del vino !

ここへ、若い衆、葡萄酒を！

(Jago riempie tre bicchieri: uno per sé, uno per Roderigo, uno per Cassio. I tavernieri circolano colle anfore.) [1]

（ヤーゴ、3つの酒盃を満たす、1つは自分のため、1つはロデリーゴのため、1つはカッシオのために。給仕たちは酒甕(アンフォラ)を持って動き回る）

(Jago a Cassio col bicchiere in mano: la folla gli si avvicina e lo guarda curiosamente)

（ヤーゴ、酒盃を手にしたカッシオに向かって、すると人々は彼に[2]近づき、物珍しげに彼を眺める）

Inaffia l'ugola !

喉を潤してください！[3]

Trinca, tracanna ![4]

一気に、ぐいっと[5]！

Prima che svampino

つきて失せぬうちに、

Canto e bicchier.

酒盃と歌が。

CASSIO	*(a Jago, col bicchiere in mano)*
カッシオ	（ヤーゴに、酒盃を手にして）

Questa del pampino

葡萄の木のこの

Verace manna

紛れもない甘露(マンナ)は

Di vaghe annugola

曇らせる、朧(おぼろ)な

---

[1]　譜面では前後2つのト書に分け、音楽の進行に沿わせて付している。
[2]　原文の gli si avvicina は語法上"彼らに（ヤーゴとカッシオに）近づく"ともなりうるが、ここでは次に lo があり、これは"彼を（ヤーゴを）"と単数であるので、gli は"彼に"と考えてよいだろう。
[3]　ヤーゴがここでも上司のカッシオに対して親称の tu を使うのは無礼講の酒宴であるためだが、さらにまたカッシオの気持ちを煽って自分のペースに引き込もうとする下心の表れでもあるだろう。
[4]　（総）（ピ）ともに、ここはカンマとし、文を切っていない。文末は canto e bicchier！と感嘆符を付している。
[5]　原文は動詞で"一気に飲み干す"、"ぐいぐい飲む"。

		Nebbie il pensier.
		靄(もや)で思考の力を。
JAGO ヤーゴ	*(a tutti)*	
	（全員に）	
		Chi all'esca ha morso
		食らいついた者は、
		Del ditirambo
		バッカス賛歌の餌に*1、
		Spavaldo e strambo
		遠慮せずして羽目はずし
		Beva*2 con me.
		わたしとともに飲んでくれ。
CORO*3 合唱		Chi all'esca ha morso
		食らいついた者は、
		Del ditirambo
		バッカス賛歌の餌に、
		Spavaldo e strambo
		遠慮せずに羽目はずして
		Beve con te.
		あんたとともに飲む。
JAGO ヤーゴ	*(piano*4 *a Roderigo indicando Cassio)*	
	（そっとロデリーゴに、カッシオを指しながら）	
		(Un altro sorso
		（あともうひと啜(すす)り、
		E brillo egli è.)*5
		それでやつは酔い心地だ。)
	*(ad alta voce)*6	
	（大声で）	

＊1　原文では"餌に"は前行。
＊2　Beva con me は何度か繰り返されるが、最後から二番目の beva に（総）は（strisciando la voce 声を素直に出さずに引きずって）とト書、（ピ）は音楽表現用語として con voce soffocata（抑えて詰めた声で）がある。
＊3　譜面では合唱とともにロデリーゴも加わる。
＊4　譜面は"piano"なし。
＊5　譜面ではこの台詞を受けてロデリーゴがヤーゴに同じ言葉を繰り返す。
＊6　譜面はこのト書なし。

Il mondo palpita
　この世ははずむ、

Quand'io son brillo !
　俺が酔い心地なら！

Sfido l'ironico
　俺は挑むぞ、皮肉な

Nume e il destin !
　神*¹、そして運命に！

CASSIO　*(bevendo ancora)*
カッシオ　（さらに飲みながら）

Come un armonico
　僕はまるで音色妙なる

Lïuto oscillo;
　リュートよろしく振動んでる、

La gioia scalpita
　歓喜が小躍りしてるぞ、

Sul mio cammin !
　僕の行く道で！

JAGO　*(come sopra)**²
ヤーゴ　（前と同様に）

Chi all'esca ha morso
　食らいついた者は、

Del ditirambo
　バッカス賛歌の餌に、

Spavaldo e strambo
　遠慮せずして羽目はずし

Beva con me !
　俺とともに飲んでくれ！

TUTTI　Chi all'esca ha morso*³
全員　　食らいついた者は、

＊1　nume は概ねギリシア・ローマをはじめとするキリスト教以外の異教の神を意味するが、ここでの神はローマ神話の"バッカス"を指しているだろう。
＊2　これは前出のト書についての言及であるので、前出のない譜面にはこのト書はない。
＊3　譜面では前出同様、合唱とロデリーゴの歌唱。

	Del ditirambo
	バッカス賛歌の餌に、
	Spavaldo e strambo
	遠慮せずに羽目はずして
	Beve con te !
	あんたとともに飲むぞ！
JAGO ヤーゴ	*(a Roderigo)* （ロデリーゴに）
	(Un altro sorso
	（あともうひと啜り、
	Ed ebbro*¹ egli è.)
	それでやつは酩酊だ。）
	*(ad alta voce)**² （大声で）
	Fuggan dal vivido
	逃げるがいい、活気づけの
	Nappo i codardi
	酒杯から、臆病者は、
	Che in cor nascondono
	心に隠してる臆病者は、
	Frodi e mister.*³
	欺瞞と秘密を。
CASSIO カッシオ	*(alzando il bicchiere, al colmo dell'esaltazione)**⁴ （酒盃を上げながら、上機嫌の最高潮で）
	In fondo all'anima
	僕の胸の奥底を
	Ciascun mi guardi !
	誰もかも見てくれ！

*1　(総)(ピ) ともに前出と同じに"brillo"。そして前出同様、ロデリーゴはヤーゴの言葉を繰り返す。
*2　譜面では特別にこのト書を付していない。
*3　譜面は"e mister"なし。
*4　譜面はこのト書がなく、ヤーゴの前の台詞の"i codardi"の箇所に (interrompendo 彼＝ヤーゴをさえぎって) とあり、カッシオの次の2行が入ることになる。その2行目の最後の"mi guardi"の箇所に (interrompendo 彼＝カッシオをさえぎって) とあり、今度は前のヤーゴの4行詩句の後半の2行が入る。

	(beve)	
	（飲む）	
	Non temo il ver...*¹	
	僕は恐れない、真実を…	
	(barcollando)	
	（ふらつきながら）	
	Non temo il ver...*¹ - e bevo...	
	僕は恐れない、真実を…－だから飲む…	
TUTTI*²	*(ridendo)*	
全員	（笑いながら）	
		Ah ! Ah !
		はっ！はっ！
CASSIO		Del calice
カッシオ		酒盃の
	Gli orli s'imporporino !...*³	
	縁を赤く染めてやろう！…*⁴	

＊１　ヤーゴはカッシオのこの台詞の箇所で前出の皆に酒盃を傾けるように誘う台詞の１行目、２行目を繰り返すが、Chi all'esca ha mor…、続いて ditiram…と語尾が１音節切れる。酔っている振りであろう。そしてその後に前出の４行目を繰り返すが、beva con me が bevi con me に変わる。前出 beva が接続法三人称で、"― 食らいついた者は ― 飲むように（訳語は"飲んでくれ"とした）"と、三人称の対象への願望であるが、ここは親称の二人称 tu に"飲め"と勧める表現になる。tu はカッシオであるので、演技で直接カッシオに言葉を向けるかどうかは別として、飲めと勧める相手はここからカッシオということになる。続くカッシオの e bevo に合唱の笑いが重なり、ヤーゴは一声 Ah！と笑い声を発して bevi con me（わたしとともに飲んでくれ）を続ける。カッシオの e bevo は繰り返しの最後で be…とヤーゴ同様、語尾が１音節切れる。カッシオはまさに酔っている。それに対して笑い声は大きくなる。

＊２　譜面の笑い声は (la metà del Coro 合唱の半分) とあり、男声のみの笑い。そのあと前の註に記したカッシオの be…のあと Tutti（全員）と指示があり、女声が加わる。全員の笑いはその後２度あるが、それにはロデリーゴが加わる。

＊３　カッシオのこの台詞は、譜面では酩酊と思われる状態で発せられる。先ず Del calice と歌うが、そこにト書が (vorrebbe ripetere il primo motivo ma non si sovviene 初めの旋律 ― 前出の Questa del pampino ～のメロディーを指す ― を繰り返そうとするが、思い出せない) とあり、Del calice…、gl'orli…、s'impor…、s'mporporino…の詩句が途切れ途切れに繰り返されながら続く。さらに途中に (ripiglia, ma con voce soffocata やり直すが、詰まった息苦しい声で) とト書。なお冠詞 gli は譜面では "gl'" と表記。

＊４　赤ワインを飲めばグラスの縁が赤くなることを言う。なお動詞の形は接続法三人称複数で、"縁が赤くなるように"との願望。

JAGO ヤーゴ	*(a Roderigo, in disparte mentre gli altri ridono di Cassio)*[1] (他の者たちがカッシオを嘲り笑う間に、他から離れてロデリーゴに)	

(Egli è briaco fradicio. Ti scuoti.
　(あいつはたっぷり酔っている。取り掛かりたまえ。

Lo trascina a contesa; è pronto all'ira,
　あれを諍いに引き込むのだ、彼はすぐにも怒りだし

T'offenderà... ne seguirà tumulto !
　君をののしるだろう…それにつづいて騒ぎになろう！

Pensa che puoi così del lieto Otello
　いいかね[2]、それでできるのだ、喜んでるオテッロの

Turbar la prima vigilia d'amore[3] !
　愛の最初の宵祭りを搔き乱すことが！

RODERIGO ロデリーゴ	*(risoluto)*[4] (決然として)	

Ed è ciò che mi spinge.)[5]
　まさにこれだ、僕を突き動かすのは。)

MONTÀNO モンターノ	*(entrando e rivolgendosi a Cassio)*[6] (登場しながら、カッシオに向かって)	

　　　　　　　　　　　　　　　Capitano,
　　　　　　　　　　　　　　　副官、

＊1　譜面は傍白の指示なく、(a Roderigo) のみ。合唱には (la metà del Coro) と半分ずつの掛け合いを指示しながら (gli altri ridono di Cassio 他の者たち ― ヤーゴとロデリーゴとカッシオ以外 ― はカッシオを笑う) としている。

＊2　"いいかね"の原文"pensa"は"考えろ"であるが、考える内容である che 以下の動詞が接続法でなく直説法なので、本来の意味より念を押すというほどの意味合い。

＊3　(総)(ピ)ともに d'amor。

＊4　譜面ではト書でなく、音楽の表現用語としている。

＊5　譜面では、前註にも記したが、このあとロデリーゴを交えて合唱が Ah, ah, ah！と笑い声。さらに合唱は前註のヤーゴの bevi con me (わたしとともに飲んでくれ) を受けて、前出で beve con te であったのが bevi con me に変わる。前出は beve と直説法三人称、また con te であるので、" ― 食らいついた者は ― あんたとともに飲む"であるが、ここでは bevi con me とヤーゴと同じ台詞で、カッシオに対して"わたしと一緒に飲め"と勧めることになる。合唱はこの bevi con me をロデリーゴを交えて繰り返し、ヤーゴはそれを合の手に同じ bevi con me と発し、そして最後にカッシオも bevo con te (僕は君と飲むぞ) と加わり、(Tutti bevono 全員、飲む) とのト書に至る。

＊6　譜面では (venendo dal Castello, si rivolge a Cassio 城から出て来ると、カッシオのところへ向かう)。

		V'attende la fazione ai baluardi.
		堡塁で歩哨隊員が貴殿を待ってますぞ。
CASSIO カッシオ	*(barcollando)* (ふらつきながら)	
	Andiam！ 行きますよ！	
MONTÀNO モンターノ		Che vedo ?! 何たること?!*¹
JAGO ヤーゴ	*(a Montàno)* (モンターノに)	
		*²(Ogni notte in tal guisa (毎晩こんな風に
	Cassio preludia al sonno. カッシオは眠りの前奏をやるのでして。	
MONTÀNO モンターノ		Otello il sappia.) オテッロにこれを知らせねば。*³)
CASSIO カッシオ	*(come sopra)**⁴ (前と同様で)	
	Andiamo ai baluardi... 堡塁へまいりますよ…	
RODERIGO, poi Tutti ロデリーゴ、続いて全員		Ah！ ah！ はっ！はっ！
CASSIO カッシオ		Chi ride ? 誰が笑ってる？
RODERIGO ロデリーゴ	*(provocandolo)* (彼を挑発して)	
	Rido d'un ebro... わたしは酩酊者を笑ってるのだが…	
CASSIO カッシオ	*(scagliandosi contro Roderigo)* (ロデリーゴに飛び掛りながら)	

---

*1　原意は"私は何を見る？"
*2　(ピ)はヤーゴ、モンターノの台詞に( )を付していない。
*3　原文は sappia が接続法で、"オテッロがそれを知るように"の意。
*4　譜面にはこのト書なし。

>   Bada alle tue spalle !
>   どうなるか用心しろよ！*1

> Furfante !
> 悪党！

RODERIGO　*(difendendosi)*
ロデリーゴ　　（身をかわしながら）

>   Briaco ribaldo !
>   酔いどれのごろつき！

CASSIO
カッシオ

>   Marrano !
>   ならず者！

> Nessun più ti salva.
> もはや誰もおまえに容赦しないぞ。*2

MONTÀNO　*(separandoli a forza e dirigendosi a Cassio)*
モンターノ　　（二人を無理やり引き離し、そしてカッシオの方へ歩を進めながら）

>   Frenate la mano,
>   手をお引きなさい、

> Messer*3, ve ne prego.
> 副官殿*4、頼みますぞ。

CASSIO　*(a Montàno)*
カッシオ　　（モンターノに）

>   Ti spacco il cerèbro*5
>   脳天を叩き割ってやる、

---

*1　原文の意は"おまえの背中に注意しろ"であり、カッシオがロデリーゴの後ろにいてこう言い放つならば文字通りの意味になるだろうが、『舞台公演用指示書』では、酔って立ち上がるのが覚束ない状態のカッシオであるが、"ロデリーゴの言葉に激昂してふらつきながら彼に正面から飛び掛る"としているので、後ろから背中へ攻撃を加えることはあり得ない。そこでこの"背中"は抽象的な意味として"おまえの背後で何か企みがあるかもしれないから、こんなことをしてあとでどうなるか、注意しろ"と解釈することにし、対訳はここにあるようにした。

*2　原意は"誰もおまえを助けちゃくれないぞ"。"誰も"とはいえ、カッシオ自身のことで、"いいか、見てろよ、俺はとことんやってやる"ほどの意。『舞台公演用指示書』ではこの場面に"カッシオはロデリーゴに飛び掛り、彼の首根っこを摑み、ここから二人の取っ組み合いになる"とある。

*3　（総）（ピ）ともに、意味に変わりはないが、"signor"としている。

*4　ここで"副官"と訳した messere に、本来、その意はなく、紳士や位のある男子に対する敬称の呼び掛けで"閣下、殿、〜様、〜氏"など。

*5　常用イタリア語のアクセントは cèrebro だが、作詩上の許容用法では cerèbro もあり得る。ここは複合6音節詩行であり、その詩形を充足させるためには単語の後ろから2番目の音節にアクセントが欲しいので cerèbro としている。また次のモンターノの台詞の ebro と脚韻を合わせるためという理由もある。

	Se qui t'interponi.
	ここで仲裁なぞに入ったら。
MONTÀNO モンターノ	Parole d'un ebro...
	酩酊者の言葉か…
CASSIO カッシオ	D'un ebro ?!
	酩酊者の ?!

(Cassio sguaina[*1] *la spada. Montàno s'arma anch'esso. Assalto furibondo. La folla si ritrae)*

（カッシオ、剣を抜く。モンターノは、彼もまた身構える。凄まじい渡り合い。群集は後退りする）

JAGO ヤーゴ	*(a parte a Roderigo, rapidamente*[*2])
	（傍白でロデリーゴに、素早く）
	(Va al porto, con quanta più possa
	（港へ行って、あらん限りの力で[*3]
	Ti resta, gridando: sommossa ! sommossa !
	ありったけ叫ぶんだ、暴動だ！暴動だ！と。
	Va ! spargi il tumulto, l'orror.[*4] Le campane
	行け！あたりにまき散らせ、騒動を、恐怖を。鐘を
	Risuonino a stormo.)
	乱打して鳴らさせろ[*5]。)

(Roderigo esce correndo)

（ロデリーゴ、走って退場）

(Jago ai combattenti, esclamando)[*6]

（ヤーゴ、争う二人に、叫んで）

	Fratelli ! l'immane
	お二人[*7]、常軌を逸した

---

*1 譜面は sguainando la spada.（剣を抜きながら）であるが、ジェルンディオであるのでピリオドを付して文として完結させることはできず、構文としては台本テキストが正しい。

*2 譜面では "rapidamente" なし。

*3 文字通りには、次行の "ti resta" が "君に残っている" であるので、"— カッシオと渡り合ったりして大変だったが — 残っているだけあらん限りの力を使って" の意。

*4 (総)(ピ) ともに "；" として文を切っていない。

*5 緊急時に人を集めるための "早鐘を打たせろ" という意。動詞の形は接続法で "鐘が鳴るように" と願望。

*6 譜面では (Jago si rivolge rapidamente ai due combattenti ヤーゴ、素早く争う二人のところへ行く)。

*7 原文の fratelli は兄弟、同胞の意。わざわざ fratelli と呼びかけるのは、ここで二人に好感を持っていること、また異邦人のオテッロに対して同国人同士という意識もそれとなく示しておこうとのヤーゴの計算の表れだろうか。

	Conflitto cessate !
	喧嘩はおやめください！
MOLTE DONNE DEL CORO 合唱のうちの多数の女	*(fuggendo)* （逃げながら）
	Fuggiam ! 逃げましょう！
JAGO ヤーゴ	Ciel ! già gronda 天よ！早くも流している、
	Di sangue Montàno ! - Tenzon furibonda ! モンターノは血を！－凄まじい闘い！
ALTRE DONNE 別の女たち	Fuggiam ! 逃げましょう！
JAGO ヤーゴ	Tregua ! おやめに[*1]！
TUTTI[*2] 全員	Tregua ! やめろ！
DONNE 女たち	*(fuggendo)*[*3] （逃げながら）
	S'uccidono ! 殺し合ってるわ！
UOMINI 男たち	*(ai combattenti)* （争う者たちに）
	Pace ! 和解を！
JAGO ヤーゴ	*(agli astanti)*[*4] （居合わせる人たちに）
	Nessun più raffrena quell'ira[*5] pugnace ! もはや誰も喧嘩に奔(はし)るあの怒りは止められませんよ！

＊1　原意は"休戦"。
＊2　（総）（ピ）ともにヤーゴと合唱の男声の台詞としている。
＊3　譜面はこのト書なし。
＊4　譜面ではこのト書は２行目の"Si gridi〜"に付されている。
＊5　（総）（ピ）ともに ira＝怒りでなく、"quel nembo＝あの黒雲"。

	Si gridi l'allarme! Satàna[*1] li invade!!
	非常呼集をかけるように！悪魔が彼らに乗り移ってる!!
VOCI 声	*(in scena e dentro)*[*2] （舞台上と舞台裏で）
	All'armi!! 武装準備を!!
	(campane a stormo) （早鐘の連打）
TUTTI 全員	Soccorso!![*3] 救助を!!

Scena seconda　第2景

Otello, Jago, Cassio, Montàno, Popolo, Soldati: più tardi Desdemona.
オテッロ、ヤーゴ、カッシオ、モンターノ、民衆、兵士たち、その後からデズデーモナ

OTELLO オテッロ	*(seguito da genti con fiaccole)* （松明を持った人々[*4]に従われて）
	Abbasso le spade! 剣をおさめよ！
	(i combattenti s'arrestano. Montàno s'appoggia a un soldato)[*5] （争っていた者たち、手を止める。モンターノ、1人の兵士に寄りかかる）
	(le nubi si diradano a poco a poco) （雲が次第に薄くなる）
	Olà! che avvien? son io fra i Saraceni? ええい！何事が起きている？わたしはサラセン人の中にいるのか？

*1　常用イタリア語のアクセントはsàtanaであるが、複合6音節の詩行としてここでは2音節目にアクセントが欲しい。そのために作詩上の許容アクセントであるsatànaを用いている。また同義の単語にsatànnoがあり、これとの近似性からもsatànaにさして違和感は大きくないと考えられる。譜面ではアクセントの位置の指定は記されていないが、sa- と -na に対して -ta- の音節の音符には符点がついて長く、taにアクセントがあることとして歌唱できる。
*2　譜面にこの"舞台上と舞台裏の双方から"との指示はない。
*3　譜面ではSoccorso！に (Donne fuggendo ed altre entro le scene 女たちは逃げながら、他の一部の女は舞台上で) と指示あり。またこの台詞の繰り返しの間に (continua il combattimento 争い、続く) とト書。
*4　『舞台公演用指示書』は松明を持った兵士2人、佐官1人、護衛6人と指示している。
*5　譜面ではト書の後半はない。

O la turchesca rabbia è in voi trasfusa
それともトルコ人の怒りがあんたらに乗り移り
Per sbranarvi*¹ l'un l'altro?... Onesto Jago,
それで互いに切り刻もうというのか？…公正なヤーゴ、
Per quell'amor che tu mi porti, parla.
わたしに抱いているその情愛にかけて、話してくれ。

JAGO Non so... qui tutti eran cortesi amici,
ヤーゴ 分かりません…ここで、皆、礼儀正しい友人同士でした、
Dianzi, e giocondi... ma ad un tratto, come
こうなる前は、そして楽しくて…ところが突然、まるで
Se un pianeta maligno avesse a quelli
悪意ある星があの者たちに
Smagato il senno, sguainando l'arme
分別を迷わせたかのように、剣を抜きながら
S'avventano furenti... avess'io prima
猛り狂ってたがいに挑み掛りまして…そうなる前に私が
Stroncati i piè che qui m'addusser !
私をここへ連れて来た足を折れよとばかりに走らせてましたならば*²！

OTELLO Cassio,
オテッロ カッシオ、
Come obliasti te stesso a tal segno?...
いかにしてそれほどまでに我を忘れたのだ？…

CASSIO Grazia... perdon... parlar non so...
カッシオ ご容赦を…お許しを…話すこともできかね…

＊１ （総）（ピ）ともに"― 互いに ― da sbranarvi 切り刻むべく ― 乗り移ったのか ―"。
＊２ 自分が早く来ればよかった、そうすればこんなことにはさせなかった、との意。狡猾にそれとなく自分を売り込むヤーゴの姿がうかがえる。シェイクスピアの原作にも同様の場面があり、ヤーゴの台詞は"半ばすぎて喧嘩にやっと馳せつけたこの足なんかいっそ花々しい戦争でなくしていたらよかったと思うくらいです（菅泰男氏訳）"とある。これは"遅れ馳せに来るくらいならいっそ来なければよかった"との意であろう。イタリア語のテキストでも stroncare は"へし折る"の意であるので、"私が足をへし折っていたなら、へし折っておけばよかった"となり得なくはないだろうが、また同時に stroncare/stroncarsi le gambe/ i piè あるいは stroncare/stroncarsi le braccia には"へとへとになるほど足や腕を使う、疲れ果てるほど何かをする"の意があるので、こうした対訳とした。

OTELLO オテッロ		Montàno... モンターノ殿…
MONTÀNO モンターノ	*(sostenuto da un soldato)* （1人の兵士に支えられて）	

Io son ferito...[*1]

わたしは負傷しており…

OTELLO オテッロ	Ferito !... pel cielo 負傷してる！…何たること[*2]、

Già il sangue mio ribolle.[*3] Ah ! l'ira volge

すでにこの身の血がたぎる。ああ！この怒りが向かわす、

L'angelo nostro tutelare in fuga !

我らの守護天使を遁走へと！

(entra Desdemona; Otello accorre ad essa)[*4]

（デズデーモナが登場する、オテッロ、彼女のところへ駆け寄る）

Che?... La mia dolce Desdemona anch'essa

何と？…わたしの愛しいデズデーモナ、その彼女まで

Per voi distolta da' suoi sogni ?! - Cassio,

あんたらのせいで夢から連れもどされてか?! - カッシオ、

Non sei più capitano.

お前はもはや隊長ではない。

(Cassio lascia cadere la spada che è raccolta da Jago)

（カッシオ、剣を取り落とし、それをヤーゴが拾う[*5]）

JAGO ヤーゴ	*(porgendo la spada di Cassio ad un ufficiale*[*6]) （カッシオの剣を1人の士官に差し出しながら）

(Oh ! mio trionfo !)

（おお！我が勝利よ！）

---

*1　（総）（ピ）ともに Son ferito…と、主語 Io の明記がない。Io が抜けることで詩行の音節の数は変則となる。
*2　原意は"天にかけて"。
*3　（総）（ピ）ともに","として文を切っていない。
*4　（総）にはデズデーモナ登場のト書なし。（ピ）は台本のト書の前半を独立させて記述。オテッロの行動については両者とも (accorrendo a Desdemona デズデーモナの方へ急いで行きながら) となる。
*5　原文は"それはヤーゴに拾われる"と受身。
*6　譜面では"soldato 兵士"。

OTELLO
オテッロ

Jago, tu va nella città sgomenta
ヤーゴ、おまえは動顚している町へ行け、

Con quella squadra a ricompor la pace.
あの一連隊*¹をつれて平静をとりもどしに。

(Jago esce)
(ヤーゴ、退場する)

Si soccorra Montàno.
モンターノの手当をせよ。*²

(Montàno è accompagnato nel Castello)
(モンターノは城の中へ付き添われていく)

Al proprio tetto
それぞれの家へ

Ritorni ognun.
誰もみな戻るように。

(a tutti, imperiosamente)*³
(全員に、断固として)

Io da qui non mi parto
わたしはここから動かない、

Se pria non vedo deserti gli spaldi.
斜堤が無人になるのを見とどけるまでは。

(la scena si vuota)*⁴
(舞台は空になる)

---

*1 『舞台公演用指示書』では"護衛のうちの佐官2人を適宜選んで伴うように"と指示している。
*2 原文は"モンターノが手当てされるように"の意。
*3 譜面では (con gesto imperioso 断固たる態度で)。
*4 譜面ではこれに続いて次のト書あり。(Otello fa cenno agli uomini colle fiaccole che lo accompagnavano di rientrare nel castello オテッロ、彼に同行していた松明を持つ男たちに城へ入るように合図をする)。さらにそのあと (restano soli Otello e Desdemona オテッロとデズデーモナだけが残る) とト書あり。

Scena terza 第3景

[**Otello e Desdemona.**
オテッロとデズデーモナ]

OTELLO
オテッロ

Già nella notte densa
　もうすでに、深い夜のなか、
S'estingue ogni clamor.*¹
　あらゆる喧騒が消え去る。
Già il mio cor fremebondo
　もうすでにわたしの怒り震える心は
S'ammansa in quest'amplesso e si risensa.
　この抱擁により和らいで平静にもどる。
Tuoni la guerra e s'inabissi il mondo
　戦いも轟音たてて響け、そしてこの世も奈落に沈め、
Se dopo l'ira immensa
　限りない怒りのあとに
Vien quest'immenso amor !
　この限りない愛が訪れるのであれば！

DESDEMONA
デズデーモナ

Mio superbo guerrier ! Quanti tormenti,
　わたくしの誇り高い戦士様！どれほどの苦悩、
Quanti mesti sospiri e quanta speme
　どれほどの悲しい溜め息、そしてどれほどの希望が
Ci condusse ai soavi abbracciamenti !
　わたくしたちをこの甘やかな抱擁へと導きましたのでしょう！
Oh ! com'è dolce il mormorare insieme:
　ああ！ともに囁き合うのはなんて快いことでしょう、
Te ne rammenti !*²
　あのときのこと*³を覚えておいでですわね！

---

*1　(総) (ピ) ともに "," として文を切っていない。
*2　(総) はこれにト書として、(ピ) は音楽の表現用語として (come una voce lontana 遠くの声のように) と付している。
*3　原文では "ne それについて" とあり、次行からの台詞で語る事を指す。

	Quando narravi l'esule tua vita
	あなたが話されたあのとき、故国を離れてのあなたの生活、
	E i fieri eventi e i lunghi tuoi dolor,
	そして荒々しい出来事、さらに長い間のあなたの苦しみについて、
	Ed io t'udia coll'anima rapita
	それからわたくしが心奪われてあなたに耳傾けたときのことを、
	In quei spaventi e coll'estasi in cor.
	あんな怖い思いをして、そして胸に無上の喜びを抱きながら。
OTELLO オテッロ	Pingea dell'armi il fremito, la pugna
	わたしは描き聞かせた、武器のざわめき、戦闘、
	E il vol gagliardo alla breccia mortal,
	そして突破口への死をかけた大胆な疾走を、
	L'assalto, orribil edera, coll'ugna
	恐ろしい木蔦のように爪で要塞をのぼり*1
	Al baluardo e il sibilante stral.
	攻撃したこと、そして唸りをたてる矢のことを。
DESDEMONA デズデーモナ	Poi mi guidavi ai fulgidi deserti,
	それからわたくしを誘われましたわ、輝く砂漠へ、
	All'arse arene, al tuo materno suol,
	焼けつく砂浜へ、あなたの母なる土地へ、
	Narravi allor gli spasimi sofferti
	するとさらに語られましたわ、耐え忍ばれた苦痛を、
	E le catene e dello schiavo il duol.
	そして身を縛る鎖や奴隷の苦悩を。
OTELLO オテッロ	Ingentilìa di lagrime*2 l'istoria
	その話は気高くさせたのだった、涙で
	Il tuo bel viso e il labbro di sospir;
	おまえの美しい顔を、そしてため息でおまえの唇を、

*1 この行と次行の原文は構文がはっきりしない。"恐ろしい木蔦のように"とした部分は"恐ろしい木蔦"のみで、"ように"は対訳での補足。"爪で〜のぼり"は"爪で"のみで"登る"といった表現はない。ヴェルディもここの詩句に不明瞭さを感じたらしく、そのことをボーイトに問いかけたとリコルディ社のリブレットの註に記されている。

*2 譜面は"lacrima"と表記。

	Scendean sulle mie tenebre la gloria,
	わたしの闇の日々に降り立ったのだった、栄光が、
	Il paradiso e gli astri a benedir.
	楽園が、そして星々が祝福しに。
DESDEMONA デズデーモナ	Ed io vedea fra le tue tempie oscure
	そしてわたくしは目にしておりました、あなたの黒い両のこめかみの間に
	Splender del genio l'eterea beltà.
	才知の妙なる美が輝きますのを。
OTELLO オテッロ	E tu m'amavi per le mie sventure
	そしておまえはわたしの逆境ゆえにわたしを愛し
	Ed io t'amavo per la tua pietà.*1
	またわたしはおまえの憐みの心ゆえにおまえを愛したのだ。

OTELLO オテッロ	Venga la morte ! mi colga*2 nell'estasi
	死が来るなら来よ！わたしを捕らえてくれることを、忘我の境で
	Di quest'amplesso
	こうして抱擁しているときに
	Il momento supremo !
	最後の瞬間が！
	*(il cielo si sarà tutto rasserenato*3)*
	（空はすでにこれまでに晴れわたっている）
	Tale è il gaudio dell'anima che temo,
	この魂の愉悦は怖いほどだ、
	Temo che più non mi sarà concesso
	わたしは怖い、もうわたしに与えられぬのではと、
	Quest'attimo divino
	この崇高な瞬間は

---

*1 譜面ではこのあと"Ed io t'amavo per le tue sventure/ e tu m'amavi per la mia pietà. そしてわたくしはあなたの不運ゆえにあなたを愛し／またあなたはわたくしの憐みの心ゆえにわたくしを愛されました"とデズデーモナの台詞あり。
*2 譜面では"e(そして) mi colga"。
*3 譜面はこのあと次のト書が続く。": si vedranno alcune stelle e sul lembo dell'orizzonte il riflesso ceruleo della nascente luna いくつかの星が、そして水平線の際には昇ってくる月の淡青い反射光が見えるようになる"。

	Nell'ignoto avvenir del mio destino.
	わたしの運命の未知の将来において。
DESDEMONA デズデーモナ	Disperda il ciel gli affanni
	天が不安を消し去ってくれますよう、
	E Amor*1 non muti col mutar degli*2 anni.
	そして年月が移るにつれ愛が移り変わりませんように。
OTELLO オテッロ	A questa tua preghiera
	このおまえの祈りに
	Amen risponda la celeste schiera.
	天の集団*3 がアーメン*4 と応えてくれることを。
DESDEMONA デズデーモナ	*Amen* risponda.
	アーメンと応えてくださいますよう。
OTELLO オテッロ	*(appoggiandosi ad un rialzo degli spaldi)*
	(斜堤の胸壁に寄りかかりながら)
	Ah ! la gioia m'innonda
	ああ！歓喜がわたしを浸す、
	Sì fieramente... che ansante mi giacio...
	こんなにも激しく…息苦しくて身を横たえてしまうほどに…
	Un bacio...
	口づけを…
DESDEMONA デズデーモナ	Otello !...
	オテッロ！…
OTELLO オテッロ	Un bacio... ancora un bacio.
	口づけを…もう一つ口づけを。
	(fissando una plaga del cielo stellato)*5
	(星空の一角を見つめながら)

* 1 Amorと大文字なのは二人の愛が特別であることを表しているためと考えられる。
* 2 譜面では"degl'anni"と表記。
* 3 天使を意味する。
* 4 キリスト教の祈りの最後に唱える語であり、語源のヘブライ語では"真に、確かに"の意だが、ラテン語に入り、さらにイタリア語になると"Così sia そうあれかし、そうなりますように"として使われる。日本語には"まさに然り、然あれかし"と訳される。
* 5 譜面のト書は (alzandosi e mirando il cielo 立ち上がり、空を眺めながら)。

	Già la pleiade ardente al mar*¹ discende.
	もうすでに燃えるように明るいスバル星団*²が海へ沈む。
DESDEMONA デズデーモナ	Tarda è la notte.
	夜がふけましたわね。
OTELLO オテッロ	Vien... Venere splende*³.
	おいで…明星*⁴が輝いている。
	(s'avviano abbracciati verso il castello)*⁵
	(抱き合って城の方へ向かう)

---

*1　(総)(ピ) ともに"in mar 海の中へ"。
*2　六連星とも呼ばれ、日本での洋名はプレアデス。牡牛座の中の肉眼で見える6つの星の星団（本来は、7人の乙女の変容であるので7つだが、肉眼で6つしか見えないとのこと）。日没後間もなく東天に現れる。
*3　譜面では splende にデズデーモナの"Otello !"が重なる。
*4　明星は"宵の明星 Espero"と"明けの明星 Lucifero"があるが、ここは夜更けて二人で言葉を交わす間に二人にとって長くも短くもある時が過ぎ、明けの明星が輝く時間になっていると考えられるだろう。
*5　(総) は最終小節の前6小節目に"Cala la tela. 幕が下りる"とある。

第2幕

ATTO SECONDO

ATTO SECONDO
第2幕

Una sala terrena nel Castello.
城内の一階の広間

Due vasti veroni ai lati: una porta nel mezzzo che　　両側に二つの広い露台、中央に庭に面する扉。
dà sul giardino.[*1]

Scena prima　第1景

> **Jago al di qua del verone. Cassio al di là.**
> 露台のこちら側にヤーゴ、向こう側にカッシオ

JAGO[*2]　　Non ti crucciar[*3]. Se credi a me, tra poco,
ヤーゴ　　　心配なさいますな。私を信じるなら、遠からず、

　　　　　Farai ritorno ai folleggianti amori
　　　　　あなたは戻られますよ、熱狂の愛のもとへ、

　　　　　Di Monna Bianca, altiero capitano,
　　　　　貴婦人ビアンカさん[*4]の、誇り高い[*5]

　　　　　Coll'elsa d'oro e col balteo fregiato.
　　　　　黄金の柄(つか)と剣帯織布[*6]を身に着けられた副官殿。

---

*1　(総) (ピ) ともに譜面の舞台設定は次のようである。Una invetriata la divide da un grande giardino. Un verone. ＝ガラスの間仕切りがそれ (広間) と大きな庭を隔てている。露台が一箇所。
*2　譜面ではヤーゴの台詞の始まる前に (S'alza il sipario 幕が上がる) と、幕の開くタイミングが示されている。さらに (al di qua del verone, a Cassio 露台のこちら側で、カッシオに) とト書あり。
*3　ヤーゴはカッシオに対して親称の二人称 tu で話しかける。相手への下心のあるヤーゴは、うまく相手を自分のペースに引き込み、思い通り計略にはめようとしている。それには信頼と親密の情を巧妙に装っておこうと、上司であるカッシオに親称 tu を使う。
*4　monna の原意は既婚の女性に対する尊称 signora の古い文語的な形、あるいは貴婦人への尊称 madonna の略形。ヤーゴがビアンカにこうした尊称を付すのは、カッシオの情交の相手の彼女が娼婦であることを皮肉ってのこと。
*5　原文はこの行で"誇り高い副官"と続くが、訳文は"副官"は次行へ。
*6　隊長 (ここではオテッロ将軍の副官) の身分に与えられる装具。

CASSIO カッシオ	Non lusingarmi...*¹	
	ぬか喜びさせないでくれたまえよ…*²	
JAGO ヤーゴ		Attendi a ciò ch'io dico.
		私の申すこと、聞いてください。

Tu dêi saper che Desdemona è il Duce
あなたは知るべきです、デズデーモナは首領だと、

Del nostro Duce, sol per essa ei vive.
我われの首領の、あのお人はひたすら彼女のために生きておいでだと。

Pregala tu, quell'anima cortese
彼女にあなたからお頼みなさい、あの親切な心の持ち主が

Per te interceda e il tuo perdono è certo.
あなたのためにとりなしてくれるように、それであなたの許しは確実です。

CASSIO カッシオ	Ma come favellarle?	
	だがどうやって彼女に話す?	
JAGO ヤーゴ		È suo costume
		あの方の習慣です、

Girsene a meriggiar fra quelle fronde
あの木陰で午睡を取るためにお出になるのが、

Colla consorte mia. Quivi l'aspetta.
私の連れ合いと一緒に。あそこで彼女をお待ちなさい。

Or t'è aperta la via di salvazione;
今や救いの道は開けていますよ、

Vanne.
お行きなさい。

(Cassio s'allontana)
(カッシオ、遠ざかる)

---

*1 (総)(ピ)ともに (al di là del verone 露台の向こう側で) とト書あり。
*2 "嘘のくすぐり、あるいは儚い希望で喜ばす、期待させる"が原意で、"そんなその場しのぎの上手い事を言っても信じない"というほどの意。

Scena seconda 第2景

[**Jago solo.**
ヤーゴ一人]

JAGO *(seguendo coll'occhio Cassio)*
ヤーゴ （カッシオを目で追いながら）

　　　　　　Vanne; la tua meta già vedo.
　　　　　　行け、おまえの行き着く先はすでに俺には見える。

Ti spinge il tuo dimone,
おまえの悪魔がおまえを駆り立てるのだ、

E il tuo dimon son io,
で、おまえの悪魔とはこの俺だ、

E me trascina il mio, nel quale io credo
そして俺のことは引き回す、俺のやつが、俺の信じている

Inesorato Iddio:
非情な神というやつが、

(allontanandosi dal verone senza più guardar Cassio che sarà scomparso fra gli alberi)
（すでに木々の間に姿を消してしまっているカッシオをもう見ることなく露台から遠ざかりながら）

— Credo in un Dio crudel che m'ha creato
— 俺は信じる、俺を創った酷い神を、

Simile a sé, e che nell'ira io nomo.
自身に似せて、そして俺は怒れるときその名を唱える。[*1]

— Dalla viltà d'un germe o d'un atòmo[*2]
— 胚芽、それとも原子か、そんな詰まらんものから

Vile son nato.
詰まらなく俺は生まれついた。

— Son scellerato
— 俺は邪悪だ、

---

*1　"その名（神の名）を唱える"とあるが、この行為はキリスト教の教えの基本である『旧約聖書』のモーゼの十戒の一つ、"あなたはあなたの神、主の御名をみだりに唱えてはならない。主はみだりに唱える者を、罰せずにはおかない"に真っ向から対決するものである。この台詞でヤーゴの信仰、キリスト教への心情が分かるであろう。

*2　この語のアクセントは àtomo であるが、nòmo、uòmo に韻を合わせるために、作詩上の許容として使い得る atòmo となった。

Perché son uomo;
  なぜなら人間だからだ、
E sento il fango originario in me.
  そして自分のなかに根源的な泥土[*1]を感じる。
— Sì！ questa è[*2] la mia fé[*3]！
  — そうよ！これが俺の信条だ！
— Credo con fermo cuor, siccome crede
  — 俺は不動の心をもって信じている、ちょうど信じるように、
La vedovella[*4] al tempio,
  後家さんが聖堂を、
Che il mal ch'io penso e che da me procede
  自分が考え、そして自分から生じる悪事は
Per mio destino adempio[*5].
  運命として[*6]成し遂げるのだと。
— Credo che il giusto è[*5] un istrïon beffardo
  — 俺は信じている、正義漢は斜に構えた道化師だと、
E nel viso e nel cuor,
  容貌であれ、心であれ、[*7]
Che tutto è[*5] in lui bugiardo:
  奴においてはすべて偽りだと、
Lagrima, bacio, sguardo,
  涙、口づけ、目つき
Sacrificio ed onor.
  献身、そうして名誉も。

[*1] 泥土は汚れた泥であり、また神はそんな泥に息を吹き込んで人間を創ったことにも思いが及んでいるのだろう。
[*2] 譜面では"quest'è"と表記。
[*3] 台本、譜面ともにfèとeを開口音としてアクセント記号を付しているが、正字法では閉口eであるのでféとした。
[*4] vedovaの語尾に縮小、親愛、侮蔑等の意を添える接尾辞ellaがついた形。ここでは侮蔑であろう。
[*5] adempio、èはcredo（信じる）の内容となる叙述であるが、動詞は接続法でなく直説法である。そこからcredoと言いながら自分の信じることは絶対的真実、絶対的信念として語っていると分かる。
[*6] "何としても、絶対的に"の意。
[*7] 原文の文脈としては"容貌であれ、心であれ正義漢は"と前行の正義漢に続く。

— E credo l'uom gioco d'iniqua sorte
　— さらに信じる、人間は不公正な運命の戯れの的と、
　Dal germe della culla
　　揺り篭の子供のときから
　Al verme dell'avel.
　　墓のウジムシになるまで。
— Vien dopo tanta irrisïon*¹ la Morte.
　— 多くの愚弄のあげくに死がやってくる。
— E poi ? - La Morte è il Nulla
　— で、それから？ - 死は無である、
　E*² vecchia fola il Ciel.
　　そして天国は古いお伽話よ。

---

　*(dal verone di sinistra*³ si vede passare nel giardino Desdemona con Emilia. Jago si slancia al verone, al di là del quale si sarà appostato Cassio)*
　　(左側の露台からデズデーモナがエミーリアとともに庭を通るのが見える。ヤーゴは、向こう側にカッシオが待ち受けているはずの露台へ勢い込んで進む)

JAGO　*(parlando a Cassio)*⁴
ヤーゴ　　(カッシオに話しかけて)

　Eccola... - Cassio... a te... Questo è*⁵ il momento.
　　そら、あの方が…‐カッシオ…あんたに…これは好機ですよ。
　Ti scuoti... vien Desdemona.
　　おやりなさい*⁶…デズデーモナが来られます。

　(Cassio va verso Desdemona, la saluta, le s'accosta)
　　(カッシオ、デズデーモナの方へ行き、彼女に挨拶し、彼女に近寄る)

　(*⁷S'è mosso; la saluta
　　(やつは歩き出した、彼女に挨拶し

＊１　(総)(ピ)ともに音節の分切記号、ディアエレーシスを付していない。
＊２　(総)(ピ)ともに接続詞のeでなく動詞のèとしている。接続詞の場合は、動詞は前行のèがここへも機能し、e il Cielo (è) vecchia fola となる。
＊３　譜面では、露台一つの舞台設定であるので、<u>左の露台</u>という指示はない。
＊４　譜面では "a Cassio" とのみ。
＊５　(総)(ピ)ともに Quest'è と表記。
＊６　原意は "跳び上がれ、奮い立て"。
＊７　(ピ)には独白の括弧がなく、また (総)は括弧の締め括りがないが、おそらく誤植であろう。

第２幕第２景　　　61

E s'avvicina.

　そして近づくぞ。

Or qui si tragga Otello !... aiuta, aiuta

　今この場へオテッロが来てくれれば！…助けたまえ、助けたまえ、

Sàtana il mio cimento !...

　悪魔よ、我が企てを！…

(sempre al verone, osservando, ma un poco discosto)[*1]

　(そのまま露台で、ただし少し離れて、観察しながら)

(si vedono ripassare nel giardino Cassio e Desdemona)

　(庭をカッシオとデズデーモナが再び通るのが見える)

Già conversano insieme... ed essa inclina,

　早くもいっしょに言葉を交わしている…さらに彼女はかしげてる、

Sorridendo, il bel viso.

　微笑んで、美しい顔を。

Mi basta un lampo sol di quel sorriso

　俺にとっちゃ十分だ、あの微笑の一瞬だけで、

Per trascinare Otello alla ruina.

　オテッロを破滅へと引きずり込むのに。

Andiam...

　行くとするか…[*2]

(fa per avviarsi rapido all'uscio del lato destro[*3]*, ma s'arresta subitamente)*

　(急いで右側の出口へ向かおうとして、が、すぐに立ち止まる[*4])

　　　　　Ma il caso in mio favor s'adopra.

　　　　　さても、事は俺の有利に運ぶぞ。

Eccolo... al posto, all'opra.)

　お誂え向きに彼が…持ち場で、仕事だ。)

(si colloca immoto al verone di sinistra[*5]*, guardando fissamente verso il giardino, dove stanno Cassio e Desdemona)*

　(左手の露台のところで、カッシオとデズデーモナがいる庭の方をじっと見つめながら動かずにいる)

---

*1　譜面にはこのト書なし。また次のト書は２行先の il bel viso のあとに指示されている。
*2　意味に補足するなら、"(オテッロを連れ出しに) 行くとするか"。
*3　(ピ) では all'uscio 〜 destro が抜けているが、誤植であろう。
*4　『舞台公演用指示書』によれば"ここでヤーゴはオテッロがやって来るのを目にし、その場に足をとめ、次の台詞を言う"とある。
*5　譜面では di sinistra がないが、前出の註にも記したように譜面の舞台設定は露台が一つであるので、左右の指示の必要はないことになる。

Scena terza　第３景

[**Jago e Otello.**
ヤーゴとオテッロ]

JAGO
ヤーゴ

(simulando di non aver visto Otello il quale gli si sarà avvicinato)[*1]

(彼にすでに近づいて来ていることになるオテッロが目に入らなかったように装いながら)

(fingendo di parlare fra sé)

(独り言を口にする振りをして)

Ciò m'accora...

これは心痛む…

OTELLO
オテッロ

　　　　　　　　　　Che parli ?[*2]

　　　　　　　　　何を言っている？

JAGO
ヤーゴ

　　　　　　　　　　Nulla... voi qui ? una vana

　　　　　　　　　別に何も…あなた様がここに？つまらぬ

Voce m'uscì dal labbro...

言葉が口をついて出まして…

OTELLO
オテッロ

　　　　　　　　　　Colui che s'allontana

　　　　　　　　　立ち去っていく男は、

Dalla mia sposa, è Cassio ?

わたしの妻から、カッシオか？

JAGO
ヤーゴ

(e l'uno e l'altro si staccano dal verone)

（二人のどちらも露台から離れる）

　　　　　　　　　　Cassio ? no... quei si scosse

　　　　　　　　　カッシオ？いいえ…あの者はギクッ
　　　　　　　　　といたしましたもの、

Come un reo nel vedervi.

あなたを目にしてやましい者のように。

OTELLO
オテッロ

　　　　　　　　　　Credo che Cassio ei fosse.

　　　　　　　　　あれはカッシオだったと思うが。

＊１　譜面では"オテッロがすでに近づいてきている"との部分はなく、次のト書を Otello のあとに"e そして"を入れて１つにつないでいる。

＊２　譜面では (avvicinandosi a Jago ヤーゴに近づきながら) とト書あり。

JAGO ヤーゴ	Mio signore... 閣下…	
OTELLO オテッロ		Che brami ?... 何だね？…*¹
JAGO ヤーゴ		Cassio, nei primi dì カッシオは、始まったころ、
	Del vostro amor, Desdemona non conosceva ? お二人の恋仲が、デズデーモナ様と知り合いではなかった？	
OTELLO オテッロ		Sì. そう、知っていた。*²
	Perché fai tale inchiesta ? 何ゆえそうした質問をする？	
JAGO ヤーゴ		Il mio pensiero è vago 私の頭はもやもやしてまして、
	D'ubbìe, non di malizia. それとない不安に、別に悪いことでではなく。	
OTELLO オテッロ		Di' il tuo pensiero, Jago. そちの考えを言ってみよ、ヤーゴ。
JAGO ヤーゴ	Vi confidaste a Cassio ? カッシオを信頼なされましたので？	
OTELLO オテッロ		Spesso un mio dono o un cenno しばしばわたしの贈り物や言伝てを
	Portava alla mia sposa. 妻に持っていっていたが。	
JAGO ヤーゴ		Dassenno ? 真面目な話？
OTELLO オテッロ		Sì, dassenno. そう、真面目な話だ。

---

*1 原意は"何を望む？"。
*2 ヨーロッパ語の多くで否定形の質問に対する答えのイエス、ノーが日本語の受け答えと異なり、直訳が難しいので"知っていた"を補足した。

	Nol credi onesto ?
	彼が実直*¹ と思われぬと？
JAGO ヤーゴ	Onesto ?*²
	実直と？
OTELLO オテッロ	Che ascondi nel tuo core ?
	そちは胸に何を隠している？
JAGO ヤーゴ	Che ascondo in cor, signore ?
	私が胸に何を隠しているかと、閣下？
OTELLO オテッロ	"Che ascondo in cor, signore ?"
	「私が胸に何を隠しているかと、閣下？」。

Pel cielo ! tu sei l'eco dei detti miei, nel chiostro

何とした！そちはわたしの言葉のエコーか、心の聖地*³ に

Dell'anima ricetti qualche terribil mostro.

何か恐ろしい怪物を匿（かく）っているな。

Sì, ben t'udii poc'anzi mormorar: *ciò m'accora*.

そう、確かに今さっきそちが呟くのを耳にした、これは*心痛む*、と。

Ma di che t'accoravi ? nomini Cassio e allora

だが何に心痛めていたのだ？カッシオの名を口にし、すると

Tu corrughi la fronte. Suvvia, parla, se m'ami.

眉をひそめる*⁴。いいから、話せ、わたしを好いているなら。

JAGO ヤーゴ	Voi sapete ch'io v'amo.
	あなた様はご存知です、私があなたのお味方なのを。
OTELLO オテッロ	Dunque senza velami
	ならば歯に衣着せずに*⁵

T'esprimi e senza ambagi.T'esca fuor dalla gola

言ってみてくれ、遠まわしは避けて。そちの喉から出てきてほしい、

---

*1　onesto は"正直な"という意だが、ここの正直とは見かけと本心が一致していて裏表がないということだろう。実直と訳しておく。
*2　譜面には（imitando Otello オテッロの真似をして）とト書あり。
*3　原文では"心の"は次行。chiostro の原意は"修道院の回廊、回廊庭、そこから修道院"。
*4　原意は"額にしわを寄せる"。
*5　原意は"ベールをかけずに"。

	Il tuo più rio pensiero colla più ria parola ! そちの中にある最も邪(よこしま)な考えに最も邪な言葉をまとって！
JAGO ヤーゴ	S'anco teneste in mano tutta l'anima mia たとえ私の魂すべてを手中にされましても
	Nol sapreste. それはお知りになれません。
OTELLO オテッロ	Ah ! ああ！
JAGO ヤーゴ	*(avvicinandosi molto ad Otello e sottovoce)* （オテッロにぐんと近づいて、小声で）
	Temete, signor, la gelosia ! お気をつけて、閣下、嫉妬に！
	È un'idra fosca, livida, cieca, col suo veleno あれは陰気で、鉛色で、盲目のヒュドラ[*1]でして、自分の毒で
	Sé stessa attosca, vivida piaga le squarcia il seno. 自身を痛めつけ、できた生々しい傷があれの胸を引き裂きますで。
OTELLO オテッロ	Miseria mia !! - No ! il vano sospettar nulla giova. この身の惨めさよ[*2]!! - いいや！徒(いたずら)に疑うのは何も役に立たぬ。
	Pria del dubbio l'indagine, dopo il dubbio la prova, 疑念のまえに究明、疑念のあとは証拠、
	Dopo la prova (Otello ha sue leggi supreme,) 証拠のあとは（オテッロには自らの至上の法がある、）
	Amore e gelosia vadan dispersi insieme ! 愛と嫉妬、ともに、消え失せるがいい！
JAGO ヤーゴ	*(con piglio più ardito)* （より大胆な調子で）
	Un tal proposto spezza di mie labbra il suggello.[*3] そうしたご意見は私の唇の封印を千切ります。

---

*1 ギリシア神話の9頭の大蛇。湿地や水中に住み、頭を1つ切ると2つ生えるという。ヘラクレスは、頭を切ったあと首を焼くことで退治に成功した。
*2 ヤーゴにこんなことを言われねばならぬかと怒り、だが言われてみればそうかと、嫉妬している自分を自覚、そこまで落ちたかと苦悶し、愕然として発する一言。
*3 譜面ではこのあとヤーゴの台詞に重なって合唱が始まる。

Non parlo ancor di prova; pur, generoso Otello,
まだ証拠とは申せません、が、お心広いオテッロ様、
Vigilate, soventi le oneste e ben create
目をお開きなさいませ、しばしば正直にしてご立派な*1
Coscïenze*2 non vedono la frode: vigilate.
良心というのは欺瞞が見えぬものです、目をお開きなさいませ。
Scrutate le parole di Desdemona, un detto
デズデーモナ様の言葉をお探りなさいませ、一言が
Può ricondur la fede, può affermare il sospetto...
信頼を引きもどすこともあり、疑惑を確かにすることもあり…
Eccola; vigilate...
さあ、あの方がおいでに、目をお開きに…

*(si vede ricomparire Desdemona nel giardino, dalla vasta apertura del fondo: è circondata da Donne*3, da Fanciulli, da Marinai cipriotti e albanesi, che si avanzano e le offrono fiori*4 ed altri doni. Alcuni s'accompagnano, cantando, *5 sulla guzla, altri su delle piccole arpe)*

(デズデーモナが舞台奥の広い入り口から庭へ再び現れるのが見える、彼女は女たち、子供たち、キプロス人とアルバニア人の水夫たちに取り囲まれており、彼らは進み出ると彼女に花やその他の贈り物を差し出す。何人かの者たちはグズラ*6で、別の者たちは小さな竪琴で、歌いながら伴奏する)

CORO *(nel giardino)*7
合唱 (庭で)

* 1　原意は"よく教育され、躾（しつけ）の良い"。
* 2　(総) は音節の分切記号、ディアエレーシスを付していない。
* 3　譜面では donne dell'isola＝島の女たち、としている。
* 4　譜面は fiori＝花の後に e rami fioriti＝と花の咲いた木の枝、を入れている。
* 5　譜面ではこのあと台本とほんのわずかに異なり、次のようである。～ sulla guzla (una specie di mandola), altri hanno delle piccole arpe ad armacollo＝グズラ (大型マンドリンの一種) に合わせて、他の者たちは肩から掛ける小さなハープを持っている。(総)にはこのあと合唱に関するト書が次のように付け加えられている。(Una parte del Coro in scena; uniti a questa vi saranno dei figuranti con Mandolini, Chitarre e Cornamuse. L'altra parte resterà dietro la tela, unitamente ai suonatori di Mandolini, Chitarre e Cornamuse. 合唱の一部は舞台上に、彼らと一緒にマンドリン、ギター、それに風笛（バッグパイプ）を持った何人かの役者たちがいることになる。合唱の残りは幕の後ろにマンドリン、ギター、それに風笛の演奏者とともに留まっているようにする。)
* 6　アラブ、ペルシア起源で、南スラヴへ入って普及し、したがってキプロスにも渡った弦楽器。一片の木を刳（く）り抜いた共鳴胴に長いネックを持ち、馬の鬣（たてがみ）を束ねた弦を張り、爪で軽く触れて奏する。
* 7　譜面では (molto lontano 非常に遠くで)。

Dove guardi splendono
 貴女がご覧になるところ、輝きわたる、
Raggi, avvampan cuori,
 日の光が、熱く燃え上がる、心が、
Dove passi scendono
 あなたが歩まれるところ、降り注ぐ、
Nuvole di fiori.
 花々の雲が。
Qui fra gigli e rose
 ここへ、ユリとバラに囲まれた
Come a un casto altar,
 清らな祭壇へ向かうように
Padri, bimbi, spose
 父親、子供、妻たちが
Vengono a cantar.
 歌いにやってくる。

FANCIULLI *(spargendo al suolo fiori di giglio)*
子供たち （地面にユリの花を撒き散らしながら）

T'offriamo il giglio
 あなたにさしあげます、ユリを、
Soave stel
 やさしいお花[*1]です、
Che in man degl'angeli
 これは天使たちの手で
Fu assunto in ciel,
 お空へはこばれました、
Che abbella il fulgido
 これはかざります、かがやく
Manto e la gonna
 マントとスカートを、
Della Madonna
 聖母マリアさまの、

＊1 　原文の stelo は"茎"の意、そこから"草、また植物"となるが、ここでは"花"と訳した。

	E il santo vel.
	それから聖なるヴェールを。
DONNE e MARINAI 女たちと水夫たち	Mentre all'aura vola
	そよ風にのって飛びゆくにつれ、
	Lieta la canzon,
	明るい歌声が、
	L'agile mandòla
	見事な手並みのマンドーラ[*1]が
	Ne accompagna il suon.
	その調べのおともをする。
MARINAI 水夫たち	*(offrendo a Desdemona dei monili di corallo e di perle)* （デズデーモナに珊瑚と真珠の首飾りを差し出しながら）
	A te le porpore,
	貴女に緋色の布[*2]、
	Le perle e gli ostri,
	真珠、そして紫色の布[*2]を、
	Nella voragine
	海の深い
	Côlti del mar.
	淵で採れたこれを。
	Vogliam Desdemona
	手前どもは望んでいます、デズデーモナ様を
	Coi doni nostri
	手前どもの贈り物で
	Come un'imagine
	聖像のように
	Sacra adornar.
	飾りたいと。

*1　大型マンドリン。
*2　緋色、紫色の布と訳した porpore、ostri はアクキ貝の仲間の分泌物から採った染料で、古代ローマ時代からこれで深紅、紫、緋色の布を染めている。したがって原単語に布の意はないが、"染料"を贈るとは考えられないので、緋色の布、紫色の布とした。『舞台公演用指示書』では"首飾りと腕輪を渡す"としている。ということは、真珠が首飾りで、他の貝は染料の名でなく、アクキ貝類で作った腕輪と解しているのかもしれない。装飾品になるような貝とは思われないが、"海の深い淵で採れた"という言葉からすれば、布より貝そのものかもしれない。

FANCIULLI e DONNE 子供たちと女たち	Mentre all'aura vola
	そよ風にのって飛びゆくにつれ、
	Lieta la canzon,
	明るい歌声が、
	L'agile mandòla
	見事な手並みのマンドーラが
	Ne accompagna il suon.
	その調べのおともをする。
LE DONNE 女たち	*(spargendo fronde e fiori)*
	（小枝や花を撒き散らしながら）
	A te la florida
	貴女様のために、お花を
	Messe dai grembi
	摘んで抱えてきたので
	A nembi, a nembi,
	雲のように、いっぱいに
	Spargiamo al suol.
	あたしたち、地面にまきます。
	L'April circonda
	四月はとりまいてますわ、
	La sposa bionda
	金髪の花嫁様を
	D'un'etra rorida
	太陽にうちふるえる
	Che vibra al Sol.
	露をふくんだ大気で[*1]。
FANCIULLI e MARINAI 子供たちと水夫たち	Mentre all'aura vola
	そよ風にのって飛びゆくにつれ、
	Lieta la canzon,
	明るい歌声が、
	L'agile mandòla
	見事な手並みのマンドーラが

[*1]　原文の語順はこの行が前行、前行がこの行。

	Ne accompagna il suon.
	その調べのおともをする。
TUTTI 全員	Dove guardi splendono
	貴女がご覧になるところ、輝きわたる、
	Raggi, avvampan cuori,
	日の光が、熱く燃え上がる、心が、
	Dove passi scendono
	あなたが歩まれるところ、降り注ぐ、
	Nuvole di fiori.
	花々の雲が。
	Qui fra gigli e rose,
	ここへ、ユリとバラに囲まれた
	Come a un casto altar,
	清らな祭壇へ向かうように
	Padri, bimbi, spose
	父親、子供、妻たちが
	Vengono a cantar.
	歌いにやってくる。
DESDEMONA デズデーモナ	Splende il cielo, danza
	輝いているわ、空が、舞っているわ、
	L'aura, olezza il fiore[*1].
	そよ風が、香っているわ、花が。
	Gioia, amor, speranza
	喜び、愛、希望が
	Cantan nel mio core[*1].
	わたくしの心の中で歌っているわ。
CORO 合唱	Vivi felice！ Addio. Qui regna Amore[*1].
	幸せにお暮らしください！さようなら。ここは愛の神が支配している。
	(durante ilCoro, Otello osserva con Jago)
	（合唱の間、オテッロはヤーゴとともに眺めている）[*2]

＊1 （総）（ピ）ともに fiore、core、Amore は語尾の e が落ちて、それぞれ fior、cor、Amor。
＊2 原作のシェイクスピアの作品にはこの島民たちがデズデーモナを訪れて讃える場はなく、オペラ独自の創作になる。

OTELLO オテッロ	*(soavemente commosso)* （うっとりと感動して）
	........................*¹Quel canto mi conquide. ……………… あの歌はわたしを征服する。
	No, no,*² s'ella m'inganna, il ciel sé stesso irride ! いや、いいや、彼女がわたしを欺くとしたら、天は自らを愚弄するというものだ！
JAGO ヤーゴ	(Beltà, letizia,*³ in dolce inno concordi ! （美よ、歓喜よ、甘い賛歌のなかで調子が合ってるな！
	I vostri infrangerò soavi accordi.) だがおまえたちの妙なる和合は打ち砕いてやる。)

Scena quarta 第4景

*(Finito il Coro, Desdemona bacia la testa d'alcuni tra i fanciulli, e alcune donne le baciano il lembo della veste, ed essa porge una borsa ai marinai. — Il Coro s'allontana: *⁴Desdemona, seguita poi da Emilia, entra nella sala s'avanza verso Otello.)*

（合唱が終わると、デズデーモナは子供たちのうちの何人かの頭にキスし、何人かの女たちが彼女の服の裾にキスし、それから彼女は水夫たちに金袋を渡す。― 合唱は遠ざかる。デズデーモナ、広間へ入ってきてオテッロの方へ進み、エミーリアは後から遅れて続く*⁵)

DESDEMONA デズデーモナ	D'un uom che geme sotto il tuo disdegno*⁶ あなたのご不興のために嘆いておいでのある方の

---

*1 行頭が下がっているが、ここのオテッロの2行は複合7音節詩行で、その最初の7音節が空白になった形と考えられる。理由は、それまでの疑惑が真実であるにはデズデーモナの姿とそれを取り囲む雰囲気が神々しいほどに美しく穏やかなことに恍惚とするオテッロの情態を表すためであろう。

*2 No, no は作曲されず、譜面にはない。したがって S'ella m'inganna 〜となり、ここが文頭になる。

*3 譜面では Beltà ed amor＝そして愛よ。

*4 譜面では Il Coro s'allontana. と文を区切り、デズデーモナから新たな一文とし、entra nella sala の後に e (そして) と接続詞を入れている。文の組み立てとしてはこちらの方が正しい。また seguita に seguire の過去分詞であることを明記するためのアクセント記号はない。

*5 "後から遅れて続く"について『舞台公演用指示書』は、デズデーモナがオテッロに話し始める間に、ヤーゴは後から広間に入ろうとしてまだ庭にいるエミーリアのところへ行き、オテッロとデズデーモナを指さして何やら囁き、それにエミーリアは拒否の素振りを見せる一種のパントマイムを指示している。そこでヤーゴが野心成就のためにエミーリアを利用し、彼女に何か理不尽なことをさせようとしているのが分かる。後から広間へ入るということを後のハンカチ奪取につながる暗示の場面づくりに役立てようとする『指示書』の演出である。

*6 譜面では (a Otello オテッロに) とト書あり。

	La preghiera ti porto.
	お頼みを持ってまいりましたのよ。
OTELLO オテッロ	Chi è costui ?
	その者は誰かな？
DESDEMONA デズデーモナ	Cassio.
	カッシオ。
OTELLO オテッロ	Era lui
	彼だったのか、
	Che ti parlava sotto quelle fronde ?
	あの木の下でおまえに話していたのは？
DESDEMONA デズデーモナ	Lui stesso, e il suo dolor che in me s'infonde
	紛れもないあの方で、それでわたくしに伝わってきます彼の悲しみは
	Tanto è [*1] verace che di grazia è degno.
	とても真実味があるのですもの、お赦しにあたいしますわ。
	Intercedo per lui, per lui ti prego.
	わたくしが彼のために仲立ちをし、彼のためお願いいたします。
	Tu gli perdona.
	あなたから彼を許してあげてくださいませ。
OTELLO オテッロ	Non ora.
	すぐは駄目だ。
DESDEMONA デズデーモナ	Non oppormi il tuo diniego.
	わたくしに否(いな)を突きつけないでくださいませ。
	Gli perdona.
	彼をお許しくださいませ。
OTELLO オテッロ	Non ora.
	すぐは駄目だ。
DESDEMONA デズデーモナ	Perché torbida suona
	なぜ曇って響くのでしょう、

---

*1 譜面では <u>tant'è</u> と表記。

	La voce tua ? qual pena t'addolora ?
	あなたのお声は？どんなご苦労があなたを憂鬱にさせますの？
OTELLO オテッロ	M'ardon le tempie...
	こめかみ*¹ がかっかとする…
DESDEMONA デズデーモナ	*(spiegando il suo fazzoletto come per fasciare la fronte d'Otello)*
	（自分のハンカチを広げながら、オテッロの額を縛ろうとして）*²
	Quell'ardor molesto
	そのわずらわしいお熱は
	Svanirà, se con questo
	消えますでしょう、もしこの
	Morbido lino la mia man ti fascia.
	柔らかなリネンでわたくしの手があなたを結びましたら。
OTELLO オテッロ	*(getta il fazzoletto a terra)*
	（ハンカチを床に投げる）
	Non ho d'uopo di ciò.
	こんなものの必要はない。
DESDEMONA デズデーモナ	Tu sei crucciato
	あなたは苛立っておいでに、
	Signor.
	ご主人様。
OTELLO オテッロ	*(aspramente)*
	（刺々しく）
	Mi lascia !
	かまわないでくれ！
	(Emilia raccoglie il fazzoletto dal suolo)
	（エミーリア、ハンカチを床から拾う）
DESDEMONA デズデーモナ	Se inconscia, contro te, sposo, ho peccato,
	もし気づかず、あなたに、花婿様、いけないことをしたのでしたら

*¹ "こめかみ、あるいは頭が痛い"という表現は文字通りの意味と同時に、"妻を寝取られた夫は額に角が生える"という俗諺を暗示するものであり、デズデーモナの不義が連想される。ただデズデーモナはもちろんオテッロが頭痛を訴えても"額に角"などに思いが至ることなどなく、オテッロ自身もそれを意識しているかどうかは解釈次第だろう。

*² 『舞台公演用指示書』では"ヤーゴはデズデーモナの手の中にハンカチを見て満足の身振りをし、3、4歩前へ進む、エミーリアは落着かない様子でそわそわしながら広間へ入る"とヤーゴとエミーリアの演技を指示している。

Dammi la dolce e lieta
　　 くださいませ、甘くて喜ばしい
Parola del perdono.
　　お許しの言葉を。
La tua fanciulla io sono
　　わたくしはあなたの若妻[*1]でございます、
Umile[*2] e mansueta;
　　慎ましくて従順な、
Ma il labbro tuo sospira,
　　でもあなたのお口は溜息をもらし
Hai l'occhio fiso al suol.
　　お目をじっと床に向けておいでです。
Guardami in volto e mira
　　わたくしの顔をご覧に、そしてお確かめください、
Come favella amore[*3].
　　どのように愛を語っておりますか。
Vien ch'io t'allieti il core,
　　おいでください、わたくしがあなたの心をお喜ばせできますように、
Ch'io ti lenisca il duol.
　　わたくしがあなたの苦しみをお和らげできますように。

OTELLO　*(a parte)*
オテッロ　　（傍白で）

(Forse perché gli[*4] inganni
　　（たぶんそのために、機知に富んだ[*5]
D'arguto amor non tendo,
　　愛の策謀をめぐらさぬために、
Forse perché discendo
　　たぶんそのために、歳月の谷間へ[*6]

---

*1　原意は"6歳から15歳くらいの少女、娘、また単純に若い女性、時に未婚の女性"。
*2　この語のアクセントはùmileであるが、詩の韻律として1行上のparolaのアクセントに合わせたいために、作詩上の許容でumileとしている。
*3　(総)(ピ)ともに"amor"。
*4　(総)(ピ)ともにgl'inganni。
*5　原文ではこの語は次行、策謀がこの行。
*6　原文ではこの語は次行、踏み降りるがこの行。なお前出の台本作家自身による「登場人物概観像」では、オテッロは40歳過ぎと説明がある。

Nella valle degli*1 anni,
　　踏み降りているために、

Forse perché ho sul viso
　　たぶんそのために、顔に

Quest'atro tenebror,
　　この黒い闇*2があるために

Ella è perduta e irriso*3
　　彼女はこんなはずでなかったと落胆し、そして愚弄されることに

Io sono e il core m'infrango*4
　　わたしはなり、この自らの心を打ち砕き

E ruinar nel fango
　　そして汚泥のなかに滅びるのを

Vedo il mio sogno d' ôr.)
　　見るのだ、わたしの黄金の夢が。)

JAGO *(a Emilia sottovoce)*
ヤーゴ 　　(エミーリアに小声で)

(Quel vel mi porgi
　　(そのベールを俺によこせ、

Ch'or hai raccolto.
　　今おまえが拾ったそれを。

EMILIA *(sottovoce a Jago)*
エミーリア 　　(小声でヤーゴに)

Qual frode scorgi ?
　　どんなペテンを思いついたの？

Ti leggo in volto.
　　顔であなたのことは読めるのよ。

JAGO T'opponi a vôto*5
ヤーゴ 　　逆らっても無駄だ、

---

*1　(総)(ピ)ともに degl'anni。
*2　肌の色が黒い、ということ。
*3　(総)(ピ)ともに、繰り返しで ell'è perduta となる。
*4　譜面では再帰代名詞の m' がなく infrango であるが、意味に大きな相違はない。7音節の詩行としては m' なしで定型となる。
*5　譜面では "vuoto"。

	Quand'io commando.
	俺が命令するときは。
EMILIA エミーリア	Il tuo nefando
	あんたの悪らつな
	Livor m'è noto.
	ひがみ根性は分かってるわ。
JAGO ヤーゴ	Sospetto insano !
	馬鹿げた疑いだ！
EMILIA エミーリア	Guardia fedel
	忠実な護衛役
	È questa mano.
	ですからね、この手は。
JAGO ヤーゴ	Dammi quel vel !
	そのベールをよこせ！
	(Jago afferra violentemente il braccio di Emilia)
	（ヤーゴ、乱暴にエミーリアの腕を掴む）
	Su te l'irosa
	おまえのとこへ怒った
	Mia man s'aggrava !
	俺の手がバシッと行くぞ！
EMILIA エミーリア	Son la tua sposa,
	あたしはあんたの妻、
	Non la tua schiava.
	あんたの奴隷じゃないのよ。
JAGO ヤーゴ	La schiava impura
	汚れた[*1]奴隷だ、
	Tu sei di Jago.
	おまえはヤーゴの。
EMILIA エミーリア	Ho il cor presago
	あたしは心中、予感してるのよ、

[*1] "汚れた"が何を意味するか？ シェイクスピアの原作にはエミーリアとオテッロの仲を疑っているヤーゴの独白の台詞がある。さらに彼女とカッシオの仲にも不審を抱いている、との台詞もある。

	D'una sventura.	
	何か災いを。	
JAGO ヤーゴ	Né mi paventi ?	
	俺が怖くないのか？	
EMILIA エミーリア	Uomo crudel !	
	ひどい人！	
JAGO ヤーゴ	A me...	
	俺に…	
EMILIA エミーリア	Che tenti ?	
	何するつもり？	
JAGO ヤーゴ	A me quel vel !)	
	俺にそのベールを！）	

(con un colpo di mano Jago ha carpito il fazzoletto ad Emilia)
（ヤーゴは手をサッと動かしてエミーリアからハンカチをひったくってしまっている）

JAGO ヤーゴ	(Già la mia brama	
	（すでに俺の欲しいものを	
	Conquido, ed ora	
	勝ち得た、となれば、さあ、	
	Su questa trama	
	この筋立てに従って	
	Jago lavora !)	
	ヤーゴは動くぞ！）	
EMILIA エミーリア	(Vinser gli artigli	
	（勝ってしまった、あの魔手が、	
	Truci e codardi.	
	残忍で卑怯な。	
	Dio dai perigli	
	神様が危険から	
	Sempre ci guardi.)	
	ずっとあたしらをお見守りくださるよう。）	

OTELLO オテッロ	Escite ! - Solo vo' restar.
	出て行ってくれ！－一人でいたい。
JAGO ヤーゴ	*(sottovoce ad Emilia che sta per escire)*
	（出て行こうとするエミーリアに小声で）
	(Ti giova
	（おまえのためだぞ、

Tacere*1. Intendi ?)
黙ってることが。分かるな？）

*(Desdemona ed Emilia escono. Jago finge d'escire dalla porta del fondo, ma giuntovi s'arresta)*²

（デズデーモナとエミーリア、退場する。ヤーゴは舞台奥の出入り口から出て行く振りをする、が、そこまで行って立ち止まる）

Scena quinta　第5景

> Otello:*3 Jago sul fondo.
> オテッロ、舞台奥にヤーゴ

OTELLO オテッロ	*(accasciato, su d'un sedile)*
	（打ちひしがれて、椅子の上で）
	Desdemona rea !
	不義を犯すデズデーモナ！*4
JAGO ヤーゴ	*(nel fondo guardando di nascosto il fazzoletto, poi riponendolo con cura nel giustacuore)*
	（舞台奥でこっそりハンカチを眺め、それから入念にそれを上着(ジュストコール)に隠しながら）
	(Con questi fili tramerò la prova
	（この糸で証拠を織り成してやる、
	Del peccato d'amor. Nella dimora
	愛の罪業の。住まいに、
	Di Cassio ciò s'asconda.)
	カッシオの、あそこにこれを隠せ。）
OTELLO オテッロ	Atroce idea !
	恐ろしい考え！

*1　譜面では"tacer"。
*2　譜面ではこのト書の2文を音楽に沿って2つに分けて記している。
*3　他の箇所の句読点の扱いから考え":"である意味はない、"."の誤植であろう。
*4　文字通りにはこの訳だが、èが略されていると考え、"デズデーモナが不義の女であるとは"と解することもできよう。

JAGO ヤーゴ	*(fra sé,*[1] *fissando Otello)* （オテッロを見据えながら、独白）

(Il mio velen lavora.)
（俺の毒が効いている。）

OTELLO オテッロ	Rea contro me ! - contro me !!! わたしに対して不義を犯す！−わたしに対して!!!
JAGO ヤーゴ	(Soffri e ruggi !) （苦しめ、そして呻け！）
OTELLO オテッロ	Atroce !!!... atroce !!! 恐ろしい!!!…酷い!!!
JAGO ヤーゴ	*(dopo essersi portato accanto ad Otello - bonariamente)* （オテッロのそばへ移動していってから − 慇懃な様子で）

Non pensateci più.
もうこのことは思いなされますな。

OTELLO オテッロ	*(balzando)* （跳ねるように立ち上がって）

Tu ?! Indietro ! fuggi !!
貴様か?! さがれ！立ち去れ!!

M'hai legato alla croce !...
貴様は俺を十字架にくくりつけた！…

Ahimè !... Più orrendo d'ogni orrenda ingiuria
ああ何たること！…あらゆる残忍な侮辱よりもっと残忍だ、

Dell'ingiuria è il sospetto.
侮辱への疑念は。

Nell'ore arcane della sua lussuria
あれの逸楽の秘密裏の時間のあいだ

(E a me furate !) m'agitava il petto
（それも俺から掠めとって！[2]）俺の胸を不安にしていたか、

Forse un presagio ? Ero baldo, giulivo...
もしや、何か前触れが？俺は自信に満ち、喜び勇んでいた…

---

*1 譜面では"fra sé"なし。
*2 原文は"俺から掠め取られた（時間）"と受動態の表現。

Nulla sapevo ancor; io non sentivo
　　まだ何も知らなかった、俺は感じていなかった、

Sul suo corpo divin che m'innamora
　　俺を魅了するあれの神々しい肉体の上に

E sui labbri mendaci
　　そして嘘に満ちた唇の上に

Gli ardenti baci
　　燃える口づけを、

Di Cassio ! - Ed ora !... ed ora...
　　カッシオの！－それが今は！…それが今は…

Ora e per sempre addio sante memorie,
　　今はもう、そして永遠にさらばだ、神聖なる思い出よ、

Addio sublimi incanti del pensier !
　　さらば、およそ人の考え得る崇高なる魅惑よ！

Addio schiere fulgenti, addio vittorie,
　　さらば、輝かしい軍隊よ、さらば、勝利よ、

Dardi volanti e volanti corsier !
　　飛び交う矢よ、そして天駆ける駿馬よ！

Addio vessillo trïonfale[*1] e pio !
　　さらば、勝利の聖なる軍旗よ！

E dïane[*1] squillanti in sul mattin !
　　そして朝、鳴り響く起床ラッパよ！

Clamori e canti di battaglia, addio !...
　　戦いの雄叫びと歌声よ、さらば！…

Della gloria d'Otello è questo il fin.
　　これがオテッロの栄光の終焉だ。

JAGO　Pace, signor.
ヤーゴ　　落着きを、閣下。

OTELLO　　　Sciagurato ! mi trova
オテッロ　　　　罰当たりめ！俺に見つけ出せ、

Una prova secura
　　確たる証拠を、

---

*1　（総）（ピ）ともに音節の分切記号、ディアエレーシスを付していない。

Che Desdemona è impura...
　デズデーモナが淫らだという証拠を…

Non sfuggir ! non sfuggir ! nulla ti giova !
　逃げるな！逃げるなよ！貴様には何の役にも立たぬ[*1]！

Vo' una secura, una visibil prova !
　俺は欲しい、何か確たる、何か目に見える証拠が！

(afferrando Jago alla gola e atterrandolo)[*2]
　（ヤーゴの喉を摑み、床に引き倒しながら）

O sulla tua testa
　でなくば貴様の頭上に

S'accenda e precipiti il fulmine
　雷（いかずち）が光り、そして落ちよ、

Del mio spaventoso furor che si desta !
　わき起こる俺の凄まじい激情の雷が！

JAGO
ヤーゴ
(rialzandosi)[*3]
　（起き上がりながら）

Divina grazia difendimi ! - Il cielo
　神の恩寵よ、我を守りたまえ！－天が

Vi protegga. Non son più vostro alfiere.
　貴方様を守護したまうよう。私はもはや貴方の旗手ではございません。

Voglio che il mondo testimon mi sia
　私は望みます、世界が私の証人であることを、

Che l'onestà è periglio.
　誠実公正は危険であるとの。

(fa per andarsene)
　（立ち去ろうとする）

OTELLO
オテッロ
　　　　　　　No... rimani.
　　　　　　　いや…留（とど）まれ。

Forse onesto tu sei.
　おまえはたぶん正直である。

[*1] 逃げても無駄だ、逃げてそれですみはしない、逃げれば殺す、というニュアンスまで含んだ脅しの強い表現。
[*2] 譜面ではト書は3行あとにおかれて台詞が終了してからの行為となり、(afferra Jago alla gola e lo atterra ヤーゴの喉を摑み、引き倒す) としている。
[*3] 譜面ではここにこのト書でなく、Il cielo の箇所に (alzandosi 立ち上がりながら)。

JAGO ヤーゴ	*(sulla soglia fingendo d'andarsene)* （立ち去る振りをしながら出入り口のところで）	
		Meglio varrebbe むしろその方が良かった、
	Ch'io fossi un ciurmador. 私がペテン師であったなれば。*1	
OTELLO オテッロ		Per l'universo ! 全くもって！*2
	Credo leale Desdemona e credo 思える、デズデーモナは忠実と、そしてまた思える、	
	Che non lo sia; te credo onesto e credo そうでないと、おまえを思う、正直と、そしてまた思う、	
	Disleale... - La prova io voglio ! voglio 不忠と…‐証拠が俺は欲しい！欲しい、	
	La certezza !! 確証が!!	
JAGO ヤーゴ	*(ritornando verso Otello)* （オテッロの方へ戻りながら）	
		Signor, frenate l'ansie. 閣下、不安をお抑えなさいませ。
	E qual certezza v'abbisogna ? - Avvinti 如何なる確証が貴方にお入用で？‐抱き合った	
	Verderli forse ? 彼らをあるいは目にされることが？	
OTELLO オテッロ		Ah ! Morte e dannazione !! ああ！畜生*3!!
JAGO ヤーゴ	Ardua impresa sarebbe; e qual certezza それはご無理な沙汰だろうと、で、如何なる確証を	
	Sognate voi se quell'immondo fatto 貴方は思い描かれます、その種の淫らな行為は	

---

*1 　立ち去るに際してこの台詞を独り言として言う振りをするか、オテッロに向かって言うか、テキストからは分からないが、『舞台公演用指示書』によると、オテッロの方へ向いて恭しいながら批難に近い思いを込めて言葉を発する、とある。
*2 　原意は"この天下にかけて"。
*3 　原意は"死と地獄落ちを、死んで地獄へ行け"。怒りの感嘆詞としての表現。

Sempre vi sfuggirà ?... - Ma pur se guida
　　いつとて貴方様のお目を免れるだろうとしたら？…- が、例えばもし導き手

È la ragione al vero, una sì forte
　　であるなら、推察力が真実への、とても有力な

Congettura riserbo che per poco
　　推測を持ち合わせております、大方

Alla certezza vi conduce. Udite:[1]
　　貴方様を確証へお連れできるような。お聞きください、

(avvicinandosi molto ad Otello e sottovoce)
　　（オテッロに非常に近づいて、小声で）

Era la notte, Cassio dormìa[2], gli stavo accanto.
　　夜のことでした、カッシオは眠っており、私は彼の傍らにおりました。

Con interrotte voci tradìa l'intimo incanto.
　　彼はとぎれとぎれの言葉で心中の恍惚をもらしました。

Le labbra lente, lente, movea, nell'abbandono
　　唇をゆっくりゆっくり動かしまして、熱烈な夢の[3]

Del sogno ardente; e allor dicea, con flebil suono:
　　なすがままに、と、そのとき申しました、消え入るような声音(こわね)で

Desdemona soave ! Il nostro amor s'asconda.
　　甘美なデズデーモナ！僕たちの愛は隠しておかねば[4]。

Cauti vegliamo ! l'estasi del ciel tutto m'innonda.
　　慎重に用心するとしよう！天の法悦がすべて僕にふりそそぐ。

Seguia più vago l'incubo blando; con molle angoscia,
　　それとない夢が前より漠然として続きまして、けだるく悶えて

L'interna imago quasi baciando, ei disse poscia:
　　夢の中の姿に[5]接吻するかのようにしながら、そのあと彼は言ったのです、

---

*1　(総)(ピ)ともにピリオドで文末とし、次から新たな文となる。
*2　(総)(ピ)ともに dormia と、i にアクセント記号なし。正字法では記号が必要なことはないが、あれば直説法半過去の dormiva であることがより明確になるだろう。その後の同じ直説法半過去の tradia、seguia は原台本もアクセント記号を付していない。
*3　原文はこの"熱烈な夢の"は次行、次行の"なすがままに"がこの行。
*4　原文は接続法で、"隠れているように"の意。
*5　原意は"内なる心象"。"内なる interna"とは"夢の中"、"心象 imago"はイメージで、当然ながら夢に見ているデズデーモナ。

>Il rio destino impreco che al Moro ti donò.
>あのムーア人にきみを与えた悪意の運命を呪ってやる。
>
>E allora il sogno in cieco letargo si mutò.
>で、それから夢は正体もない深い眠りへと変わりました。

OTELLO
オテッロ

Oh! mostruosa*¹ colpa!
ああ！とてつもない罪！

JAGO
ヤーゴ

      Io non narrai
      私は語っておりません、

Che un sogno.
ある夢のほかは。

OTELLO
オテッロ

     Un sogno che rivela un fatto.
     ある事実を明かす夢。

JAGO
ヤーゴ

Un sogno che può dar forma di prova
証拠づけることのできる夢、

Ad altro indizio.
また別の手がかりについて。

OTELLO
オテッロ

     E qual?
     して、どんな？

JAGO
ヤーゴ

     Talor vedeste
     時おりご覧でしたでしょう、

In mano di Desdemona un tessuto
デズデーモナ様の手に布を、

Trapunto a fiori*² e più sottil d'un velo?
花の刺繍をした、ヴェールより薄いのを？

OTELLO
オテッロ

È il fazzoletto ch'io le diedi, pegno
わたしが彼女に与えたハンカチで、愛の*³

Primo d'amor.
最初の証の品だ。

---

*1 ここでは11音節詩行であるので、分切記号、ディエレーシスが付されていないが、音節は mo-stru-o-sa となる。
*2 （総）（ピ）ともに fior̠。
*3 原文では"愛の"は次行、次行の"証の品"がこの行。

第2幕第5景

JAGO
ヤーゴ
　　　　　　　Quel fazzoletto ieri
　　　　　　そのハンカチを、昨日

(Certo ne son) lo vidi in man di Cassio.
　（これには私は確かでして）それをカッシォの手の中に見まして。

OTELLO
オテッロ
Ah! mille vite gli donasse Iddio!
　ああ！神が千の命を奴に与えたもうものなら！

Una è povera preda al furor mio!!
　一つではこの俺の激情に見合わぬ乏しい獲物だ!![*1]

Jago, ho il cuore[*2] di gelo.
　ヤーゴ、俺は氷の心だ。

Lungi da me le pïetose[*3] larve!
　情け心ある柔弱な者[*4]は俺から去れ！

Tutto il mio vano amor esalo al cielo,
　すべての俺の馬鹿げた愛を天に向けてまき散らしてやる、

Guardami, - ei sparve.
　それ見てみろ、－あんなものは消え失せた。

Nelle sue spire d'angue
　そのとぐろのなかへ

L'idra m'avvince! Ah! sangue! sangue! sangue!![*5]
　大蛇ヒュドラが俺を巻き込む！ああ！血だ！血だ！血だ!!

(s'inginocchia)[*6]
（跪く）

Sì, pel ciel marmoreo giuro! Per le attorte folgori!
　そうだ、不動の[*7]天にかけて誓う！稲妻形なす[*8]雷光にかけて！

---

*1　1回殺したくらいでは怒りはおさまらない、千回でも殺してやりたい、との意。
*2　（総）（ピ）ともに il cor.
*3　（総）（ピ）ともに音節の分切記号、ディアエレーシスなし。
*4　larve の原意は"亡霊、そこから孼（やつ）れて痩せこけた人間"だが、ここでは"柔弱な者"と訳した。
*5　（総）（ピ）ともに感嘆符！は一つ。
*6　（総）はこのト書のあとに（solenne 物々しく）あり。
*7　原意は"大理石の、大理石のような"。イタリア詩では、大理石は堅固で不動なもの、また感情を解さない、感情に動かされないものの象徴。
*8　原意は"捩（よじ）れた"。

Per la Morte e per l'oscuro mar sterminator !
　　死神にかけて、そしてすべてを滅ぼす闇の海にかけて！
D'ira e d'impeto tremendo presto fia che sfolgori
　　怒りと凄まじい激昂に光り輝くことの早からんことを、
Questa man ch'io levo e stendo !
　　わたしが高く差し上げ、差し伸べるこの手が！

(levando la mano[1] *al cielo)*
　　(片手を天に向けて差し上げながら)[2]

JAGO 　　*(Otello fa per alzarsi, Jago lo trattiene inginocchiato e s'inginocchia anch'esso)*[3]
ヤーゴ 　　(オテッロ、立ち上がろうとし、ヤーゴは彼を跪いたままに留めようとし、そして自身も跪く)

　　　　　　　　　　　　　　　　　　Non v'alzate ancor !
　　　　　　　　　　　　　　　　　　まだ立たれますな！

Testimon è il Sol ch'io miro, che m'irradia e inanima[4],
　　証人です、私が眺め、私を照らし、勇気づける太陽が、
L'ampia terra e il vasto spiro del Creato inter,
　　広大な大地が、そしてすべての生けるもの[5]の大いなる息吹が、
Che ad Otello io sacro ardenti, core, braccio ed anima
　　オテッロ様にこの私が燃える[6]心、腕、そして魂を捧げるということの、
S'anco ad opere cruenti s'armi il suo voler !
　　たとえ流血の業(ぎょう)に向けてでも、このお方の望みがそう決めるなら！

JAGO e OTELLO 　　*(insieme*[7]*, alzando le mani al cielo come chi giura)*
ヤーゴとオテッロ 　　(共に、誓いをする者として両手を天に向けて上げながら)[8]

---

* 1 （総）（ピ）ともに le mani"と、両手を挙げる動作。
* 2 『舞台公演用指示書』によれば、右腕を上げるのは誓いのジェスチャーであるので、このオテッロの台詞では、"誓う giuro"で右腕を上げ、"怒りと (D'ira e)"の行で一度下げ、"高く上げ、差し伸べる (levo e stendo)"で、誓いのジェスチャーとして再び右手（右腕）を上げる、とある。因みに、イタリア人の慣習では、左腕を差し伸べるのは"脅し、呪い、罵倒"等のジェスチャー、両手を天に向けて差し伸べるのは"祈願"とされる。
* 3 譜面はヤーゴのト書を前後2つに分け、音楽に沿って記している。
* 4 （ピ）は "innanima" としているが、方言は別として、正字法では（総）と台本の in_anima。
* 5 原意は"全被創造物"。
* 6 "燃える"は複数形であるので、心、腕、魂のすべてにかかる形容詞。
* 7 譜面には insieme（一緒）なし。
* 8 『舞台公演用指示書』には前註（＊2）と同様の指示。

Sì, pel ciel marmoreo giuro ! Per*¹ le attorte folgori !
　　いかにも、不動の天にかけて誓う！稲妻形なす雷光にかけて！
Per la Morte e per l'oscuro mar sterminator !
　　死神にかけて、そしてすべてを滅ぼす闇の海にかけて！
D'ira e d'impeto tremendo presto fia che sfolgori
　　怒りと凄まじい激昂に光り輝くことの早からんことを、
Questa man ch'io levo e stendo. Dio vendicator !
　　わたしが高く差し上げ、差し伸べるこの手が！復讐の神よ！*²

＊1　（総）（ピ）ともに per と小文字。前に！があるが、そこで文が切れずに続く。
＊2　（総）には最終小節から7小節前に "Cala la tela 幕が下りる" と指示あり。

第3幕

ATTO TERZO

ATTO TERZO
第3幕

La gran sala del Castello.
城の大広間

A destra un vasto peristilio[*1] a colonne. Questo peristilio è annesso ad una sala di minori proporzioni; nel fondo della sala un verone.

右側[*1]に円柱列が並ぶ広い拱廊。この拱廊はより狭い広間につながっている、広間の奥には露台。

Scena prima 第1景

> Otello. Jago. L'Araldo.
> オテッロ、ヤーゴ、伝令

ARALDO[*2] *(dal peristilio, a Otello che sarà con Jago nella sala)*
伝令 （拱廊から、オテッロに、その後オテッロは広間でヤーゴと一緒になる）

La vedetta del porto ha segnalato
港の監視塔が合図してきました、

La veneta galea che a Cipro adduce
ヴェネトのガレー船がキプロスへお連れしていると、

Gli ambasciatori.
使節団を。

OTELLO *(all'Araldo, facendogli cenno di allontanarsi)*[*3]
オテッロ （伝令に、彼に立ち去るように合図して）

Bene sta.
了解した。[*4]

(l'Araldo esce)[*5]
（伝令、退場）

[*1] 舞台設定、ト書における右、左は、すでに第1幕、第2幕にも出てきているが、舞台から客席へ向いての右（日本での下手）、左（日本での上手）となる。peristilio は本来拱廊に囲まれた中庭であるが、拱廊自体も意味する。ここでは後者の意味を採った。

[*2] 伝令の登場の前に (p) は (s'alza il sipario 幕が上がる)、(総) はト書の括弧なしで S'alza il sipario. として幕の上がるタイミングを示している。

[*3] 譜面では (fa cenno all'Araldo di allontanarsi) として、"合図しながら"でなく、"合図する"としている。

[*4] 原意は "よろしい、結構だ" 等。

[*5] (総) にこのト書なし。

OTELLO オテッロ	*(a Jago)* (ヤーゴに)	

Continua.
先をつづけよ。

JAGO ヤーゴ	Qui trarrò Cassio e con astute inchieste ここへカッシオを連れまいり、巧妙な問いかけを以ってして

Lo adescherò a ciarlar. Voi là nascosto
喋るよう誘い込むことにいたします。貴方様はあそこに隠れて

(indicando il vano del verone)
(露台の中を指差して)

Scrutate i modi suoi, le sue parole,
お探りください、彼の態度、彼の言葉、

I lazzi, i gesti. Pazïente[*1] siate
冗談めかした様、身振りなど。辛抱強くあられませ、

O la prova vi sfugge. Ecco Desdemona.
さもないと証拠は貴方から逃げます。あれに、デズデーモナ様が。

Finger conviene... io vado.
しらばくれるがよろしいと…私はまいります。

(s'allontana come per escire, poi s'arresta e si riavvicina ad Otello)[*2]
(出て行こうとするかのように遠ざかり、その後立ち止まり、オテッロに再び近づく)

Il fazzoletto...
ハンカチを[*3]…

OTELLO オテッロ	Va！ volentieri obliato l'avrei. 行け！いっそ忘れてしまいたかったものを。

(Jago esce)
(ヤーゴ退場)

---

*1 (総)(ピ)ともに音節の分切記号、ディアエレーシスなし。
*2 譜面ではこのト書の前に"dicendo io vado 私はまいります、と言いながら"があり、さらに再び近づく理由として"per dirgli l'ultima parola 最後の言葉を彼に言うために"と添えている。
*3 原文では fazzoletto は主語として"ハンカチ（でして）"とも、目的語として"ハンカチを（お忘れなく）"といった意味のどちらとも考えられる。

Scena seconda　第２景

> Otello. Desdemona dalla porta di sinistra.
> オテッロ、左の扉からデズデーモナ

DESDEMONA
デズデーモナ

(ancora presso alla soglia)[*1]
（まだ扉の敷居のところで）

Dio ti giocondi, o sposo dell'alma mia sovrano.
神様があなたをお喜ばせくださいますよう、わたくしの魂の最高の花婿様。

OTELLO
オテッロ

(andando incontro a Desdemona e prendendole la mano)[*2]
（デズデーモナの方へ向かって行き、彼女の手を取りながら）

Grazie, madonna, datemi la vostra eburnea mano.[*3]
ありがとう、奥方、あなたの象牙のような手をこちらへお出し[*4]。

Caldo mador ne irrora la morbida beltà.
あたたかな潤いがこれの柔らかな美しい肌[*5]をしっとりさせている。

DESDEMONA
デズデーモナ

Essa ancor l'orme ignora del duolo e dell'età.
これはまだ悲しみや年齢がのこす跡を知りません。

OTELLO
オテッロ

Eppur qui annida il demone gentil del mal consiglio,
それでもここに悪知恵を吹き込む優しい悪魔を宿していて

Che il vago avorio allumina del piccioletto artiglio.
それが小さな可愛い爪[*6]のはえたこの優雅な象牙を輝かしている。

Mollemente alla prece s'atteggia e al pio fervore...
しなやかにこの手は装う、祈りやら信仰への篤い思いを…

---

*1　譜面にはこのト書の前に"dalla porta di sinistra 左の入り口から"が、景の初めの人物説明がないのでここに。

*2　（総）には"手を取る"との後半のト書なし。

*3　（総）はここで（le prende la mano 彼女の手を取る）とト書。

*4　登場したデズデーモナが、それまで同様に夫に親称の二人称 tu で語りかけたのに対し、オテッロはここで、妻にそれまでなかった敬称の voi を用いる。丁寧さや優しさ、遠慮からの敬称でないことは確かである。オテッロの心中がどのようであるか、敬称 voi を考えれば、察して余りあるだろう。

*5　原文では"美しさ"のみで、肌という言葉はない。

*6　原文の artiglio は"猛獣や猛禽の鉤（かぎ）爪"、そこから"魔手、毒牙"を意味する。オテッロは人間の爪を意味する単語でなく、わざわざこれを使っている。

DESDEMONA デズデーモナ	Eppur con questa mano io v'ho donato il core.	
	でもこの手でわたくしはあなたに*¹お尽くししました*²のよ。	
	Ma riparlar vi debbo di Cassio.	
	それよりカッシオのことをあなたにまたお話しせねば。	
OTELLO オテッロ	Ancor l'ambascia	
	また俺の病*³の	
	Del mio morbo m'assale; tu la fronte mi fascia.	
	苦痛が身を襲う、おまえ*⁴、わたしの額を縛ってくれ。	
DESDEMONA デズデーモナ	*(porgendogli*⁵ *un fazzoletto)*	
	(ハンカチを彼に差し出しながら)	
	A te.	
	どうぞ*⁶。	
OTELLO オテッロ	No; il fazzoletto voglio ch'io ti donai.	
	いや、わたしがおまえに贈ったハンカチがいい。	
DESDEMONA デズデーモナ	Non l'ho meco.	
	今ここに持っていませんの。	
OTELLO オテッロ	Desdemona, guai se lo perdi！guai！	
	デズデーモナ、あれを失くすと大変だ！いいか！*⁷	
	Una possente maga ne ordìa*⁸ lo stame arcano:	
	あれには能力優れた女妖術師が神秘の糸を織り込んでいた、	

---

*1 デズデーモナは"あなたに"でオテッロに敬称の二人称"vi"を使う。オテッロの言葉に何か常と異なる雰囲気を感じた訝(いぶか)しさの表れだろう。
*2 原意は"心を贈る"。
*3 原文は"俺の病"は次行、この行は苦痛。
*4 オテッロは親称のtuになる。もちろん親称本来の心情からではなく、最初は敬称が出たがその余裕もなくして激昂していくためであろう。
*5 譜面では"sciogliendo 広げながら"。
*6 原意は"(これを)あなたに"。ここの"あなた"は親称の二人称になる。自然にオテッロに対するいつもの気持ちに戻って言葉を発したためだろう。
*7 原文は前のguaiの繰り返しで、"大変だ！ただでは済まぬぞ！"というほどの意味。
*8 (ピ)はordiaと表記し、アクセント記号なし。正字法では必ずしも記号を必要としないが、記号によりordivaであることが明確になる。

Ivi è riposta l'alta malia d'un talismano.
あそこには魔よけの効き目あらたかな呪いがかけられている。
Bada! smarrirlo, oppur donarlo, è ria sventura!
気をつけよ！あれを失くす、あるいは人にやることは災い招く不祥事である！

DESDEMONA
デズデーモナ

Il vero parli?
本当のことをお話しに？

OTELLO
オテッロ

Il vero parlo.
真実を話している。

DESDEMONA
デズデーモナ

Mi fai paura!...
怖いこと！…[*1]

OTELLO
オテッロ

Che!? l'hai perduto forse?
何!?もしやあれを失くした？

DESDEMONA
デズデーモナ

No...
いいえ…

OTELLO
オテッロ

Lo cerca.
あれを探すのだ。

DESDEMONA
デズデーモナ

Fra poco...
あとで…

Lo cercherò...
探すことに…

OTELLO
オテッロ

No, tosto!
いや、今すぐだ！

DESDEMONA
デズデーモナ

Tu di me ti fai gioco,
あなたはわたくしをおからかいに、
Storni così l'inchiesta di Cassio; astuzia è questa
そうしてカッシオのお頼みを逸らされますのね、これは策略ですわ、
Del tuo pensier.
あなたのおつむが生んだ。

---

*1　原意は"あなたは私を怖がらせる"。

OTELLO オテッロ	Pel cielo ! l'anima mia si desta !	
	まさかと思ったが！*¹ 俺の魂は目覚める！*²	
	Il fazzoletto...	
	ハンカチ…*³	
DESDEMONA デズデーモナ	È Cassio l'amico tuo diletto.	
	カッシオはあなたの大のお気に入りの友人ですわ。	
OTELLO オテッロ	Il fazzoletto !!	
	ハンカチ!!	
DESDEMONA デズデーモナ	A Cassio perdona...	
	カッシオをお許しください…	
OTELLO オテッロ	Il fazzoletto !!!	
	ハンカチ!!!	
DESDEMONA デズデーモナ	Gran Dio ! nella tua voce v'è un grido di minaccia !	
	まあ何てこと！*⁴ あなたのお声には脅しの叫びがありますわ！	
OTELLO オテッロ	Alza quegli occhi*⁵!	
	その目を上げろ！	

*(prendendola a forza sotto il mento e alla spalla e obbligandola a guardarlo)*⁶

（彼女の顎を下から、それに肩を無理やり摑み、自分を見るように強いながら）

DESDEMONA デズデーモナ	Atroce idea !	
	恐ろしい考えが！	
OTELLO オテッロ	Guardami in faccia !	
	わたしの顔を見ろ！	

＊1　原意は"天にかけて"。
＊2　意味するところは"分ったぞ、ヤーゴは正しかった"ということだろう。『舞台公演用指示書』では、"身を硬くして動かず、暗く陰気に"と求めている。
＊3　この言葉はあと2回、これを含めて3回発せられるが、『舞台公演用指示書』は1回目は"デズデーモナの方へ1歩進み、前よりはっきりした声で叫ぶ"と、2回目は"さらに1歩寄って、前より強い語調で"と、3回目は"恐ろしい勢いで、ほとんど跳び上がって叫ぶ"と求めている。
＊4　原意は"偉大な神よ"。
＊5　(総)(ピ)ともにquegl'occhi。
＊6　譜面はこのト書を次のデズデーモナの台詞の後においている。また意味に大差にないが、"肩を摑む"を per le spalle としている。なお、肩はここでは両肩。

Dimmi chi sei !
おまえが誰かわたしに言ってみろ！

DESDEMONA
デズデーモナ

La sposa fedel d'Otello.
オテッロの貞節な妻。

OTELLO
オテッロ

Giura !
誓え！

Giura e ti danna...
誓え、そして地獄へ落ちろ*1…

DESDEMONA
デズデーモナ

Otello fedel mi crede.
オテッロ様はあたしを貞節と信じておいでに。

OTELLO
オテッロ

Impura
汚れてる

Ti credo.
とおまえを思っている。

DESDEMONA
デズデーモナ

Iddio m'aiuti !
神様がわたくしをお助けくださるよう！

OTELLO
オテッロ

Corri alla tua condanna,
おまえはすぐにも罰を受ける、

Di' che sei casta.
さあ言え、操正しいと。

DESDEMONA
デズデーモナ

(fissandolo)
(彼を見据えて)

Casta... lo son...
操正しい…そうですわ…

OTELLO
オテッロ

Giura e ti danna !!!*2
誓え、そして地獄へ落ちろ!!!

DESDEMONA
デズデーモナ

Esterrefatta fisso lo sguardo tuo tremendo,
ただもう驚きあなたの恐ろしい眼差しを見つめています、

---

*1　オテッロは今や彼女が貞淑な妻であると誓えば偽りの誓いをしたことになると信じているので、偽りの誓いをした結果として"地獄へ落ちろ"となる。
*2　(総)(ピ)ともに感嘆符！は一つ。

In te parla una Furia, la sento e non l'intendo.
　あなたの中で復讐の女神[*1]が語っている、その声が聞こえます、でもその意味が分からない。

Mi guarda！ il volto e l'anima ti svelo; il core infranto
　わたくしをご覧ください！あなたに顔と心をお見せします、砕けたこの心を

Mi scruta... io prego il cielo per te con questo pianto.[*2]
　お確かめください…わたくしはあなたゆえ天に祈ります、このように涙して。

Per te con queste stille cocenti aspergo il suol.
　あなたゆえにこの熱い涙で地面をぬらしておりますのよ。

Guarda le prime lagrime che da me spreme il duol.
　ご覧くださいませ、悲しみがわたくしからしぼり出すこの最初の涙を。

OTELLO
オテッロ

S'or ti scorge il tuo dèmone un angelo ti crede
　今、おまえの悪魔がおまえを見たら、天使と思い

E non t'afferra.
　それでおまえを捕えるまい。

DESDEMONA
デズデーモナ

　　　　Vede l'Eterno la mia fede！
　　　　　永遠の神はわたくしの真心をご存知ですわ！

OTELLO
オテッロ

No！ la vede l'inferno.
　いいや！地獄がそれを知っている。

DESDEMONA
デズデーモナ

　　　　La tua giustizia impetro,
　　　　　あなたのご正義を希(こいねが)います[*3]、

Sposo mio！
　わたくしの花婿様！

---

*1　Furia が大文字であるので、普通名詞の意味でなく"復讐の女神"と訳した。ギリシア・ローマ神話中の翼を持ち、頭髪が蛇の復讐の女神フリアエは3人であるので、Furie と複数形であるが、ここでは3人のうちの1人ということで単数の Furia。

*2　(総)(ピ)ともにここはカンマ。"あなたゆえに"すること二つをカンマで文を切らずに続けざまに吐露して訴えるか、ピリオドで文を切るかは、デズデーモナの態度として微妙な違いがあるかもしれない。

*3　"正義を願う"とは"道理に則って正しい判断をして欲しい"ということであり、罪がないと確信する者に言える言葉。

OTELLO オテッロ	Ah ! Desdemona ! - Indietro ! indietro ! indietro !! ああ！デズデーモナ！－どけ！どけ！どけ!!	

DESDEMONA Tu pur piangi ?... e gemendo freni del cor lo schianto[*1]
デズデーモナ　あなたもやはり泣いておいでに?!…そして呻きながら心が折れるのを抑えておられ

E son io l'innocente cagion di tanto pianto !...
そしてわたくしがこれほどの涙の、罪はなくても、原因ですのね！…

Qual è il mio fallo ?
わたくしの過ちは何でしょう？

OTELLO E il chiedi ?... Il più nero delitto[*2]
オテッロ　それを問うのか？…何より黒い罪悪が

Sovra il candido giglio della tua fronte è scritto.
純白のユリのようなおまえの額に記されている。

DESDEMONA Ahimè !
デズデーモナ　ああそんな！

OTELLO Che ? non sei forse una vil cortigiana ?
オテッロ　何？おまえはもしや卑しい娼婦でないと？

DESDEMONA Ciel ! No... no... pel battesmo della fede cristiana !...
デズデーモナ　まさか[*3]！いいえ…いいえ…キリスト教信仰の洗礼にかけて！…

OTELLO Che ?...
オテッロ　何？…

DESDEMONA Non[*4] son ciò che esprime quella parola orrenda.
デズデーモナ　そのおぞましい言葉が意味する者ではありません。

(Otello prende Desdemona per mano e la conduce alla porta d'onde entrò)[*5]
（オテッロ、デズデーモナの手を取り、彼女が入ってきた扉へ連れて行く）

---

* 1　（総）（ピ）ともに感嘆符！をおいて文末。
* 2　譜面は（cupo 陰鬱に）とト書あり。また（総）（ピ）ともに前文の句読点は？のみで、... はない。
* 3　原意は"天よ"。
* 4　（総）（ピ）ともにこの前に感嘆詞 Ah! が入り、non son ciò ～と続く。
* 5　譜面のト書は台本と少し異なり、次のようである。(Otello －（ピ）はこの主語なし－ mutando d'un tratto l'ira nella più terribile calma dell'ironia, prende Desdemona per mano e la conduce alla porta d'onde entrò オテッロ、怒りを急に皮肉からくる平静さに変え、デズデーモナの手を取り、彼女がさっき入ってきた扉のところへ連れて行く)。

| OTELLO | Datemi ancor l'eburnea mano, vo' fare ammenda. |
| オテッロ | もう一度その象牙の手を出していただこう*1、償(つぐな)いをしたい。 |

Vi credea (perdonate se il mio pensiero è fello)
　そちらのことを思っていたのだ、(わたしの考えが誤りであれば
　お許しいただこう)

Quella vil cortigiana che*2 è la sposa d'Otello.
　そうした卑しい娼婦と、しかもそれがオテッロの妻なのだ。

*(alle ultime parole, Otello che sarà sul limitare della porta di sinistra, sforza con una inflessione del braccio, Desdemona ad escire. — Poi ritorna verso il centro della scena nel massimo grado dell'abbattimento)*3*

　(最後の言葉を発しながら、それまでに左の扉の敷居のところへ来ているオテッロは
　腕で押してデズデーモナを無理に出て行かせる。— そのあと落胆の極みで舞台中
　央の方へ戻る)

Scena terza　第3景

[**Otello.**　オテッロ]

| OTELLO | Dio! mi potevi scagliar tutti i mali |
| オテッロ | 神よ！御身はよかったのです、私にすべての災いを浴びせたもうても、 |

Della miseria, - della vergogna,
　悲哀という災い-恥辱という災い*4を、

Far de' miei baldi trofei trionfali
　私の勇ましき勝利の戦利杯(トロフィー)をしてなしたもうても、

Una maceria, - una menzogna...
　がらくたに-幻*5に…

---

*1　オテッロはここでまた前出と同じに敬称の二人称 voi で慇懃に、しかしさらなる皮肉、反感、憎悪までも込めて、手を出させることを口にする。
*2　譜面では che 以下に (cupo e terribile 陰鬱に、そして恐ろしく) とト書あり。
*3　譜面のト書は、Poi 以後は同じであるが、前半は少し異なり次のようである。(Otello sforza con un'inflessione del braccio, ma senza scomporsi, Desdemona ad escire オテッロ、腕を曲げて押し、が、取り乱した様子なく、デズデーモナを無理に外へ出す)。
*4　原文では"災い"は前行のみ。
*5　原意は"虚偽、偽りのもの"等だが、あると思っていたが本当は存在しなかったもの、という意味でこの訳とした。

E avrei portato la croce crudel
　それなら酷い十字架を担いもいたしたでしょう、
　D'angoscie e d'onte
　　苦痛の、そして不名誉の十字架*1を
　Con calma fronte
　　静やかな顔で
　E rassegnato al volere del ciel.
　　そして天のご意思に甘んじて。
Ma, o pianto, o duol！m'han rapito il miraggio
　だが、ああ泣ける、ああ酷い！*2 わたしから夢*3は奪われてしまった*4、
Dov'io, giulivo, - l'anima acqueto.
　　そこでこそわたしは、嬉々として‐心を安らげているというに。
Spento è quel sol, quel sorriso, quel raggio
　　消えてしまった、あの太陽、あの微笑み、あの輝きは、
Che mi fa vivo, - che mi fa lieto！
　　あれが俺を生かしているのに‐あれが俺を幸せにするのに！
Tu alfin, Clemenza, pio genio immortal
　ここにいたれば御身、慈悲の神よ、薔薇色の笑みたたえた*5
　Dal roseo riso,
　　情け深き不死の守り神よ、
　Copri il tuo viso
　　御身の聖なる*6顔を覆い隠したまえ、
　Santo coll'orrida larva infernal！
　　おぞましい地獄の仮面で！

＊1　原文では"十字架"は前行のみ。
＊2　原文の意は"ああ涙、ああ苦悩！"。ここのoはohと同じ感嘆詞。
＊3　原意は"蜃気楼"そして"幻想"。
＊4　受身に訳したが、原文の構文は受身でなく、非人称的三人称複数で、主語は限定されずに"人々が、みんながそうする、そうなる"といった意味合い。
＊5　原文では"薔薇色の笑みたたえた"は次行、次行の"情け深き不死の守り神よ"がこの行。
＊6　"聖なる"は次行のsantoからの訳。

Scena quarta　第4景

> **Otello, poi Jago.**
> オテッロ、続いてヤーゴ

OTELLO　Ah ! Dannazione !
オテッロ　　ああ！地獄落ちだ[*1]！

　　　　　Pria confessi il delitto e poscia muoia !
　　　　　先ず罪を白状してもらう、そしてそのあと死ね！

　　　　　Confession ! Confessione[*2]!...
　　　　　白状だ！白状！…

　　　　　(entra Jago)
　　　　　（ヤーゴ登場）

　　　　　La prova !...
　　　　　証拠！…[*3]

JAGO　*(accanto ad Otello e[*4] indicando l'ingresso)*
ヤーゴ　　（オテッロのそばで、そして入り口を指差しながら）

　　　　　　　　　Cassio è là !
　　　　　　　　　カッシオがあそこへ！

OTELLO　　　　　Là ?! Cielo ! gioia[*5]!!
オテッロ　　　　　あそこに?! 何と[*6]！しめた!!

　　　　(poi con subito raccapriccio)[*7]
　　　　（そのあとすぐさま慄然として）

　　　　Orror ! - Supplizî immondi !!
　　　　恐ろしい[*8]！- 忌まわしい拷問!!

---

* 1　dannazione は"地獄落ち"の意の名詞。ここでは原意のままに日本語にしたが、ひどい落胆、無念、失望、腹立たしさ等を表す感嘆詞としても使われる。
* 2　（総）（ピ）ともに Confession!
* 3　言葉を完結させれば"証拠だ、証拠が必要だ"であろう。
* 4　譜面はこれより前のト書なし。
* 5　（総）（ピ）ともに <u>Oh</u> gioia と感嘆詞が入る。
* 6　原意は"天よ"。
* 7　譜面では con raccapriccio のみ。
* 8　原意は"恐怖、戦慄"等の意の名詞。

JAGO ヤーゴ	Ti frena！Ti nascondi！ 自制して！隠れてください。*1

(conduce rapidamente Otello nel fondo a sinistra dove c'è il vano del verone corre verso il fondo del peristilio dove incontra Cassio che esita ad entrare)[2]

（素早くオテッロを露台の空間がある舞台左手奥へ連れていき、それから拱廊奥の方へ走っていってそこで入るのを躊躇しているカッシオを迎える）

Scena quinta 第5景

> **Otello nascosto. Jago e Cassio.**
> 隠れているオテッロ、ヤーゴとカッシオ

JAGO ヤーゴ	[3]Vieni; l'aula è deserta. こっちへ、広間は空っぽです。 T'inoltra, Capitano[4]. お入りなさい、隊長殿。
CASSIO カッシオ	Questo nome d'onor suona ancor vano その名誉ある称号はまだ虚しく[5]聞こえる、 Per me. 僕には。
JAGO ヤーゴ	Fa cor, la tua causa è in tal mano 元気をお出しに、あなたの一件はそんな段階にあるのですよ、

---

*1 ここでヤーゴはオテッロに対し親称の二人称単数 tu を使い始める。オテッロの部下、それも決して高い地位でなく、またそれまで意図的に諂（へつら）って慇懃に言葉を発していたことからすると、ここで親称に変わることはすでに彼にオテッロを自分の思うように扱える予想がついたこと、また一方でそれとなく親密さを吹き込んでオテッロに対して親身であることを知らしめようとしているためであろう。

*2 譜面ではこのト書を音楽に沿って三つに分けて次のように付している。（総）（ピ）(conduce rapidamente Otello nel fondo a sinistra dove c'è il vano del verone)、（総）になく（ピ）のみで、（ピ）には下線で示す台本にない部分がある (Jago, appena condotto Otello al verone ヤーゴ、オテッロをテラスへ連れて行くとすぐ corre verso il fondo del peristiglio)、（総）（ピ）(incontra Cassio che esita ad entrare)。

*3 譜面は (a Cassio カッシオに) とト書あり。

*4 （総）（ピ）ともに "o Capitano" と呼び掛けの間投詞あり。

*5 虚しく(vano)の意は少し曖昧だが、ボーイトは初め vago という言葉を使ったようで、それからすると「（もとの地位へ戻れるかどうか）不確実だ」という意である。

		Che la vittoria è certa.
		勝利は確実というそんな。
CASSIO カッシオ	Io qui credea di ritrovar Desdemona.	
	僕はここでデズデーモナ様にまた会えると思ってたのだ。	
OTELLO オテッロ	*(nascosto)*	
	（隠れていて）	
	(Ei la nomò.)	
	（奴は彼女の名を口にした。）	
CASSIO カッシオ		Vorrei parlarle ancora,
		あの方とさらに話したいのだが、
	Per saper se la mia grazia è profferta.	
	僕のお赦しが出る*¹かどうか知るために。	
JAGO ヤーゴ	*(gaiamente)*	
	（陽気に）	
	L'attendi; e intanto, giacché non si stanca	
	あの方をお待ちなさい、だがその間、疲れることなしなのですから、	
	Mai la tua lingua nelle fole gaie,	
	けしてあなたの舌はご機嫌なお喋りをしてれば、	
	Narrami un po' di lei che t'innamora.	
	で、ちょっと、あなたを夢中にさせてる彼女のことを話してくださいよ。	
	(conducendo Cassio accanto alla prima colonna del peristilio)*²	
	（カッシオを拱廊の一番端の円柱のところへ連れていきながら）	
CASSIO カッシオ	Di chi ?	
	誰のことかな？	
JAGO ヤーゴ	*(sottovoce assai)**³	
	（十分に小さな声で）	
		Di Bianca.
		ビアンカのことで。
OTELLO オテッロ	(Sorride !)	
	（笑顔を見せてる！）	

---

*1 原文は"出されるかどうか"と受身。
*2 譜面ではこのト書を L'attendi のすぐ後においている。
*3 譜面ではト書でなく、音楽表現用語として指示。

CASSIO カッシオ	Baie !...	
	つまらんことを!…	
JAGO ヤーゴ	Essa t'avvince	
	彼女はあなたを魅了する、	
	Coi vaghi rai.	
	愛らしい眼差しで。	
CASSIO カッシオ	Rider mi fai.	
	お笑いだな。[*1]	
JAGO ヤーゴ	Ride chi vince.	
	勝つ者は笑いますよ。	
CASSIO カッシオ	*(ridendo)*	
	(笑いながら)	
	In tai disfide - per verità,	
	こうした果し合いでは - ほんとのところ	
	Vince chi ride - Ah! Ah[*2]!	
	笑う者が勝つのさ - は!は!	
JAGO ヤーゴ	*(come sopra)*[*3]	
	(前出に同じ)	
	Ah! Ah!	
	は!は!	
OTELLO オテッロ	[*4](L'empio trionfa, il suo scherno m'uccide;	
	(邪悪な者が勝利し、そいつの嘲笑が俺を打ちのめす、	
	[*5]Dio frena l'ansia che in core mi sta!)	
	神よ、私の胸中にある渇望[*6]を押し留めたまえ!)	
CASSIO カッシオ	Son già di baci	
	すでにキスと	

---

*1 原意は"わたしを笑わせる"。
*2 (総)(ピ)ともに二度目の笑い声を"ah!"と小文字にし、独立した文にしていない。後出の笑い声についても同じ。
*3 譜面は (ridendo 笑いながら) としている。
*4 譜面は (dal verone 露台から) とト書あり。
*5 譜面は (con disperazione 絶望して) とト書あり。
*6 オテッロの胸を掻きむしっている渇望とは、カッシオを摑んで殺してやりたい思いであろう。

	Sazio e di lai.
	愁嘆場*¹にうんざりしてる。
JAGO ヤーゴ	Rider mi fai.
	よくおっしゃる。*²
CASSIO カッシオ	O amor' fugaci !
	束の間の恋よ！
JAGO ヤーゴ	Vagheggi il regno - d'altra beltà.
	領地を狙っている - 別の美人の。
	Colgo nel segno ? -
	的を射てるのでは？
CASSIO カッシオ	Ah! Ah!
	は！は！
JAGO ヤーゴ	Ah! Ah!
	は！は！
OTELLO オテッロ	(L'empio m'irride - il suo scherno m'uccide;
	(邪悪な奴が俺を愚弄し - そいつの嘲笑が俺を打ちのめす、
	Dio frena l'ansia che in core mi sta !)
	神よ、私の胸中にある渇望を押し留めたまえ！）
CASSIO カッシオ	Nel segno hai côlto.
	きみは的を射た。
	Sì, lo confesso.
	そうなのだ、白状しよう。
	M'odi...
	聞いてくれ…
JAGO ヤーゴ	*(assai sottovoce)**³
	（十分に小さな声で）
	Sommesso
	声を抑えて

---

*1 原文の lai はフランス詩のレ（lai）からイタリア語となり"哀歌、悲歌、嘆き"等の意で使われる。"レ"はフランスで12、13世紀に普及した8音節2行連句の哀調をおびた物語詩。メロディーをつけて歌われもした。
*2 原意は"お笑いだな"と訳した前出のカッシオの言葉と同じ、"わたしを笑わせる"。
*3 譜面では音楽表現用語として。

Parla. T'ascolto.
お話しなさい。伺いますよ。

CASSIO (*assai sottovoce, mentre Jago lo conduce in posto più lontano da Otello*)[*1]
カッシオ （十分に小さな声で、ヤーゴが彼をオテッロからより離れた場所へ連れていく間に）

(*or si, or no si senton le parole*)
（言葉は時に聞こえたり、聞こえなかったりする）

Jago, t'è nota
ヤーゴ、君には知れてるね、

La mia dimora...
僕の住いは…

………………………
………………………

………………………
………………………

(*le parole si perdono*)
（言葉が途切れる）

OTELLO (*avvicinandosi un poco e cautamente per udir ciò*[*2] *che dicono*)
オテッロ （二人の言うことを聞くために、少し、そして用心深く近づきながら）

(Or gli racconta il modo,
（今度は彼に言っているな、どんな風に

Il luogo e l'ora...)
どこで、そしていつか…[*3]）

CASSIO (*continuando il racconto sempre sottovoce*)[*4]
カッシオ （変わらず小さな声で話を続けながら）

………………………………
………………………………

Da mano ignota...
誰のとも分からぬ手で…

………………………………
………………………………

---

*1 譜面では（Jago conduce Cassio in posto più lontano da Otello 意味は台本のこの部分に同じ）とのみ。また次行のト書はなく、2行先の（le parole si perdono 言葉が途切れる）となる。
*2 譜面では（— per udir — le parole 言葉を）。
*3 原文はそれぞれ、方法、場所、時間と名詞であるが、疑問詞として訳出。
*4 譜面にこのト書なし。

	(le parole si perdono ancora)
	（言葉がまた途切れる）
	………………………………………
	………………………………………
OTELLO オテッロ	(Le parole non odo...
	（言葉が聞こえない…
	Lasso ! udir*¹ le vorrei ! Dove son giunto !!)
	嘆かわしいが！あれが聞きたい！俺はどうなってしまった!!*²)
CASSIO カッシオ	………………………………………
	………………………………………
	Un vel trapunto...
	刺繍したヴェールが…
	………………………………………
	………………………………………
	(come sopra)*³
	（前出に同じ）
JAGO ヤーゴ	È strano ! è strano !
	奇態だ！奇態だな！
OTELLO オテッロ	(D'avvicinarmi Jago mi fa cenno.)
	（近づくようにとヤーゴが合図している。）
	(passo passo con lenta cautela, Otello, nascondendosi dietro le colonne, arriverà più tardi vicino ai due)*⁴
	（オテッロは円柱の後ろに隠れながら絶えず用心深く少しずつ進み、そのうち二人の近くまで行き着くことになる）
JAGO ヤーゴ	*(sottovoce)**⁵
	（小声で）

---

*1 譜面では "e（だが） udir" と接続詞が入る。
*2 原意は "自分はどこへ来てしまったのか"。こんな卑しい行為をするまでに成り下がった自分への嘆かわしさの吐露であろう。
*3 （ピ）はこのト書なし。（総）にはこのト書があるが、台本では言葉が途切れた後に位置するト書であり、（前出に同じ）であると、前の (le parole si perdono ancora) を指すことになるのに対し、（総）はヤーゴの台詞に付されており、となると、前出とは前頁の註1の (Jago conduce Cassio in posto più lontano da Otello) で、これに同じ、ということになる。
*4 譜面では (passa con cautela e si nasconde dietro le colonne 慎重に進み、そして柱の後ろに隠れる) とのみ。
*5 譜面では音楽表現用語。

	Da ignota mano ?
	誰のとも分からぬ手で？

(forte) *1
(大声で)

	Baie !
	おからかいに！

CASSIO	Da senno.
カッシオ	真面目な話だ。*2

(Jago gli fa cenno di parlar ancora sottovoce)
(ヤーゴ、さらに小さな声で話すように彼に合図をする)

	Quanto mi tarda
	どれだけ待ち遠しいか、

	Saper chi sia...
	誰だか知るのが…

JAGO	*(guardando rapidamente dalla parte d'Otello - fra sé)*
ヤーゴ	(素早くオテッロの方を見ながら - 独白)

	(Otello spia.)
	(オテッロは窺(うかが)ってるな。)

(a Cassio ad alta voce)
(カッシオに大きな声で)

	L'hai teco ?
	それをここに*3 持っておいでに？

CASSIO	*(estrae dal giustacuore il fazzoletto di Desdemona)*
カッシオ	(上着(ジュストコール)からデズデーモナのハンカチを取り出す)

	Guarda.
	見たまえ。

JAGO	*(prendendo il fazzoletto)*
ヤーゴ	(ハンカチを受け取りながら)

---

*1 譜面ではト書の代わりにアクセントの記号＞が付されている。
*2 原意は"真面目に、本気で"。
*3 原文は"あなたの身に携えて"の意。

Qual meraviglia !
なんという驚き！*1

(a parte)
(傍白で)

(Otello origlia.
(オテッロは聞き耳を立てている。

Ei s'avvicina
奴め、近づいてくるぞ、

Con mosse accorte.)
用心深く動いて。)

(a Cassio inchinandosi scherzosamente e passando le mani dietro la schiena perché Otello possa ossesrvare il fazzoletto)*2
(カッシオに冗談めかしてお辞儀をし、オテッロがハンカチをよく見ることができるように両手を背中の後ろへ回しながら)

Bel cavaliere - nel vostro ostel*3,
美男の騎士様 - 貴方のお館では*4

Perdono gli angeli - l'aureola e il vel.
天使たちが失いますのですな - 後光とヴェールを。

OTELLO　　*(avvicinandosi assai al fazzoletto, dietro le spalle di Jago e nascosto dalla prima colonna)*
オテッロ　　(ヤーゴの背後で、一番端の円柱に身を隠したかたちで、相当ハンカチに近づきながら)

(È quello ! è quello !
(あれだ！あれだ！

---

*1　"何という見事な品"という意味も含めての驚き。デズデモーナのハンカチがどのようなものであるかについては『舞台公演用指示書』に次のような説明がある。このハンカチは第2幕でデズデモーナが持っていたもの、そしてエミーリアが床から拾い上げ、ヤーゴに取り上げられてしまったその同じものでなければならない。そこでそれが分かるためには何か変わった、目立つ物であることが必要である。ということで、絹のジョーゼット、あるいはとりわけ上質のバチスト織の白色で非常に薄い布地で作られるべきであろう。布の縁には隙間なくムーア様式の花飾りをかたちどった金糸および赤と緑の絹糸による刺繍があり、四隅のうちの一箇所に金と黒で刺繍されたアラビア文字の非常に大きな組文字、そして大きさは大体45cmの正方形。

*2　このト書に対応する譜面のものは2つに分かれて次のようである。(a Cassio scherzando カッシオに冗談めかして)、(mettendo le mani dietro la schiena perché Otello possa 〜 背中の後ろに手をおきながら〜)

*3　譜面では語尾切断なしに"ostello"。また原台本は ostel の後にピリオドが付されているが、ここは文末でなくカンマが正しいと考えられるので、このテキストではそのようにした。

*4　カッシオに対してここで騎士（様）と呼ぶと同時に、敬称の二人称 voi に切り替えて丁寧な話し振りにし、冗談味をより強めている。

　　　　　　　Ruina e Morte !)
　　　　　　　破滅と死よ！*1)

JAGO　　　(Origlia Otello.)
ヤーゴ　　　　(聞き耳を立てている、オテッロは。)

OTELLO　*(nascosto dietro la colonna e guardando di tratto in tratto il fazzoletto nelle mani di Cassio)*＊2
オテッロ　　　(円柱の後ろに隠れていて、そして時折カッシオの手の中のハンカチを見ながら)

　　　　　　　(Tutto è spento！Amore*3 e duol.
　　　　　　　(すべてが消えた！愛も痛みも。

　　　　　　　L'alma mia nessun*4 più smuova.
　　　　　　　もはや何者も俺の心を引き止めてくれるな。

＊1　明らかな証拠を目にしてもはや、疑いの余地のないことを悟って発する絶望の言葉で、"救いはない、もうこれまでだ"の意。
＊2　譜面では、ここのト書は (a parte sotto voce 傍白で声を抑えて)。これと同じト書は2行後の Tradimento ～に付されている。ここで問題は、ハンカチがどの時点で誰の手にあるかである。台本ではこの時点で"カッシオの手の中のハンカチ"なので、この前にヤーゴがカッシオから受け取ったハンカチがすでにカッシオに戻されていることになる。譜面ではここにその言及はなく、2行後に"カッシオの手の中のハンカチ"となり、ここでカッシオにハンカチが戻っている。ではこの2行後が、実際の音楽の進行でどのようであるかというと、かなりの間があってのこととなる。というのも、譜面はここのオテッロの台詞 Tutto è ～からオテッロ、ヤーゴ、カッシオの三重唱となり、彼のこの行と次行の後、ヤーゴの台詞12行とカッシオの台詞8行が入り、さらに二人の台詞が繰り返され始めると、そこで台本では4行続いているオテッロの台詞の後半である Tradimento ～／Spaventosa ～の2行が入るという音楽構成だからである。カッシオが上着から取り出したハンカチの動きを見ると、先ず、ヤーゴがカッシオからハンカチを受け取る、それをオテッロが円柱の陰から見る、そして"Ruina ～"の台詞。それから台本ではここのト書にあるようにハンカチはカッシオの手中に。が、果たしてハンカチがヤーゴからカッシオへ渡る機会と時間があるか？　譜面では三重唱の始まりのオテッロの2行、続くヤーゴ、カッシオ、そのカッシオの台詞に"―カッシオは―ヤーゴからすでにハンカチを取り返している"旨のト書があり、それは音楽の進行ではオテッロの Tradimento ～の行および次行より前になるわけで、ハンカチがヤーゴからカッシオに戻る箇所を特定してはいないが、カッシオの台詞が始まるまでに彼はハンカチを取り戻していることになる。そしてオテッロは円柱に隠れてカッシオの手中にあるハンカチを見ながら彼の4行の台詞の後半2行を発することになる。この両者の流れから見ると、ここで"カッシオの手の中のハンカチを見ながら"のト書より、Tradimento の箇所にこのト書の方が自然であり、理にかなっているだろう。
＊3　譜面は amore と小文字。このために前の"すべてが消えた"へ続く一文となり、台本のように Amore として文を区切るより"すべてが"とは"愛と痛みが"と少し説明的な表現になるだろう。
＊4　譜面では"nissun"。

Tradimento,[*1] la tua prova
裏切りよ、貴様の恐るべき[*2]証拠を

Spaventosa mostri al Sol.)
貴様は太陽に示している。)

JAGO *(a Cassio)*
ヤーゴ (カッシオに)

(indicando il fazzoletto)
(ハンカチを指し示しながら)

Quest'[*3] è una ragna
これは蜘蛛の巣ですよ、

Dove il tuo cuor
ここへあんたの心は

Casca, si lagna,
落ち込み、呻き

S'impiglia e muor.
絡まり、そして死ぬ。

Troppo l'ammiri,[*4]
あまりにあんたはこれを称え

Troppo la guardi,
あまりにこれを大事にする、

Bada ai deliri
ご注意なされ、妄想に、

Vani e bugiardi.
虚しくも偽りの。

---

*1　前頁*2に記したように、譜面ではここは三重唱であり、オテッロ、ヤーゴ、カッシオの三重唱の台詞は何度か繰り返されるが、この tradimento は繰り返しの最後では独立して "Tradimento! Tradimento!" と繰り返される。文中での Tradimento は "裏切りよ" と呼びかけであるが、この独立した "裏切り" は "裏切りよ！" と前の繰り返しとも "(これは疑う余地なき) 裏切りだ！" と断定とも考えられる。

*2　原文では "恐るべき" は次行。

*3　譜面では Questa と語尾切断なし。

*4　ここも前頁*2で記した三重唱の一部で、繰り返しの最後にこの troppo ammiri は、これのみが独立して "Troppo l'ammiri. あまりにあんたはこれを称える。" と繰り返され、(総) ではそれに再度 (a Cassio カッシオに) とト書が付されている。

Quest'*1 è una ragna

 これは蜘蛛の巣ですよ、

Dove il tuo cuor

 ここへあんたの心は

Casca, si lagna,

 落ち込み、呻き

S'impiglia e muor.

 絡まり、そして死ぬ。

CASSIO *(guardando il fazzoletto che avrà ritolto a Jago)*
カッシオ （ヤーゴからすでに取り返しているハンカチを見ながら）

Miracolo vago

 優美な奇蹟、

Dell'aspo e dell'ago

 糸車と針の、

Che in raggi tramuta

 これは光に変える、

Le fila d'un vel;

 ヴェールの糸を、

Più bianco, più lieve

 もっと白く、もっと軽いヴェール*2、

Che fiocco di neve,

 雪の片よりも、

---

*1 前頁*3に同じ
*2 原文にこの"ヴェール"という言葉はないが、bianco、lieve が何を指し、後の詩句がヴェールを形容するものであることをはっきりさせるために補足した。

Che nube tessuta
　　空のそよ風の力で*1
Dall'aure del ciel.
　　織りなされる雲よりも。

(squillo di tromba interno, poi un colpo di cannone) *2
　　（舞台裏でラッパの高く鳴る音、次いで大砲の一発の銃砲音）*3
(Otello sarà ritornato nel vano del verone) *4
　　（オテッロは露台の中へすでに戻っている）

JAGO　　Quest'è il segnale che annuncia l'approdo
ヤーゴ　　　これは接岸を告げる号砲だ、

Della trireme veneziana. Ascolta.
　　ヴェネツィアの三段櫂のガレー船の。お聞きに。

(squilli da varie parti) *5
　　（あちこちからラッパの高く鳴る音）

Tutto il castel co' suoi squilli risponde.
　　城じゅうが高く鳴り渡って反響している。

Se qui non vuoi con Otello scontrarti
　　ここでオテッロと出くわしたくなければ

Fuggi.
　　お立ち去りに。

CASSIO　　Addio.
カッシオ　　　それじゃあ。

JAGO　　Va.
ヤーゴ　　　お行きなさい。

(Cassio esce velocemente dal fondo)
　　（カッシオ、急いで舞台奥から退場する）

---

*1　この行と次行の訳は原文と行が入れ替わっている。
*2　譜面のこのト書に対応する箇所では、舞台裏のトランペットに（ben lontano ずっと遠くで）、その後（ー 複数のトランペットが ー rispondono dal Castello 城から呼応する）とある。さらに大太鼓に（colpo di cannone 大砲の発砲音）もある。
*3　譜面ではこれに先立ってヤーゴの台詞、"Bada！Bada！（はて！ご注意を！）"が、カッシオにか、あるいは暗にオテッロにか、それとも両者に向けてか入る。
*4　（総）にはこのト書なし。
*5　譜面では新たに加わるトランペットに（da altra parte 別の側から）と指示。

Scena sesta　第6景

[**Jago. Otello.**
ヤーゴ、オテッロ]

OTELLO　*(avvicinandosi a Jago)*
オテッロ　（ヤーゴに近づきながら）

　　　　　　Come la ucciderò ?
　　　　　　どうやってあれを殺してやるか？*¹

JAGO　Vedeste ben com'egli ha riso ?
ヤーゴ　しっかりご覧に、どんなに彼が笑ったか？

OTELLO　　　　　Vidi.
オテッロ　　　　　見た。

(di tanto in tanto salve di gioia e squilli che si avvicinano)＊²
（時折、次第に近づいてくる喜びの歓呼とラッパの音）

JAGO　E il fazzoletto ?
ヤーゴ　で、ハンカチは？

OTELLO　　　　Tutto vidi.
オテッロ　　　　すべて見た。

VOCI＊³　*(dal di fuori, lontane)*＊³
声　　（舞台外から、遠くの声）

　　　　　　Evviva !
　　　　　　万歳！

VOCI　Alla riva !
声　　着岸を！

VOCI　　　Allo sbarco !
声　　　　下船を！

＊1　この台詞をオテッロが独白として発するか、ヤーゴに向かって言うか、どちらとも解せるだろう。『舞台公演用指示書』は"露台から出てきて、怒りに震えながら素早く前へ進み、この台詞を叫びながらヤーゴに近づく"としている。
＊2　譜面では声部もラッパも音符で示されるのでト書としてこの指示はない。
＊3　譜面では"CORO (interno) 合唱（舞台裏）、Voci lontane 遠くでの声"と譜面上に記している。

OTELLO オテッロ		È condannata. あれは罪ありと断が下される。
	Fa ch'io m'abbia un velen per questa notte. 今夕までに俺が毒をこの手にできるよう計らってくれ。	
VOCI 声	*(più vicine)* [*1] (より近くの声)	
	Evviva！Evviva il Leon di San Marco！ 万歳！サン・マルコの獅子、万歳！	
JAGO ヤーゴ	Il tosco no, val meglio soffocarla, 毒はいけません、彼女を窒息さす方がいい、	
	Là, nel suo letto, là, dove ha peccato. あそこで、彼女のベッドの上で、あそこの、罪を犯したところで。	
OTELLO オテッロ	Questa giustizia tua mi piace. お前のこの処罰は気に入った[*2]。	
JAGO ヤーゴ		A Cassio カッシオには
	Jago provvederà. ヤーゴが処置を講ずるとします。	
OTELLO オテッロ		Jago, fin d'ora ヤーゴ、今から
	Mio Capitano t'eleggo. おまえを我が隊長に任ずる。	
JAGO ヤーゴ		Mio Duce, 我が指揮官、
	Grazie vi rendo. 貴方様に感謝を捧げます。	
	(il tumulto è sempre più vicino. Fanfare e grida) [*3] (喧騒はますます近くなる。ファンファーレと叫び声)	

---

*1　譜面では特別にこの指示はない。
*2　原文は"わたしの気に入る"と現在。
*3　譜面では特別にこの指示はない。

Ecco gli Ambasciatori.[*1]
さあ、ご使者たちが。

[*1] この台詞後、フランス版ではバレーが入る。1894年に出版されたフランス版は、台本の台詞はデュ・ロクルによる原語のイタリア語の訳詞であり、両者に大きな差異はないだろう。ただフランス版ではやはりバレーが入り、ここのヤーゴの3行の台詞に対応するフランス語の台詞のあと、第6景としてバレー場面になる。バレーの音楽には踊りをどう展開させるか指示があるので、参考にそれを添えておきたい。

Iago ヤーゴ	Voici l'Ambassadeur./Allez le recevoir. Pour que nul ne soupçonne/je vais de votre part prévenir Desdémone. 大使がご到着に。/あの方のお出迎えにおいでください。誰にも疑われぬよう/わたしが貴方様に代わってデズデモン様に知らせにまいります。 *(Othello sort par le milieu, Iago par la gauche)* （オセローは舞台中央の位置から、ヤーゴは左側から退場する）

Scène VI 第6景

(Les fanfares se rapprochent, des Pages écartent les rideaux; on aperçoit la salle tout entière jusqu'à la terrasse qui domine la mer. Des officiers, des Dames et des Seigneurs attirés par les fanfares traversent les galeries pour voir débarquer l'Ambassadeur. Des esclaves turques s'avancent au son du noggarieh et du nàỳ, leur danse d'abord languissante s'anime de plus en plus; à l'appel d'une invocation à Allah elles se prosternent toutes. Deux groupes de jeunes filles grecques entrelaçent leur poses harmonieuses et calmes. Des matelots vénitiens arrivent dansant la Muranese. Après les danses entrent par le fond Othello et l'Ambassadeur, précédés par le Héraut, les pages, la garde d'honneur, les Chevaliers de la calza; suivis par le peuple Chypriote et Vénitien et par les soldats.)

（ファンファーレが近づき、数人の小姓がカーテンを開ける、広間全体が海を見晴らすテラスまで見える。大使が下船するのを見るために、将官たち、貴婦人たち、そして貴族たちがファンファーレにつれて歩廊を通り抜けていく。数人のトルコの女奴隷がナカラ（イスラム圏のティンパニーのような打楽器、様々な大きさがあって通常二つずつ組み合わせて奏される）とナイ（ペルシア語とアラビア語の葦を意味する言葉からできた長形の葦笛）の音に合わせて進み出る、彼らの踊りは先ずはじめ物憂げであるが、次第に活気づいていく、アラーへの祈りになると皆、平伏す。ギリシア人の若い乙女たちの二つのグループが静かで調和のとれた優雅なポーズを展開して踊る。ヴェネツィアの水夫たちがムラーノ島の伝統の踊りを踊りながらやってくる。一連の踊りのあと、舞台正面奥から、伝令、小姓たち、儀仗衛兵、演劇集団のガーター勲爵士等に先導されてオセローと大使が登場する、その後にキプロスとヴェネツィアの人々が続く。）

La Foule 民衆	Triomphe ! Gloire au Lion de Saint Marc ! 勝利よ！サン・マルコの獅子に栄光あれ！
Lodovico ロドヴィーコ	*(tenant á la main un parchemin roulé)* （筒状に巻いた羊皮紙を手にして） Le Doge et le Sénat/honorent le héros vainquer de Chypre./Je remets en vos main le souverain message. 統領と元老院は／キプロスの勝利者なる英雄に敬意を表しております。／私は貴殿のお手に統領の通達書をもたらします。

	Li accogliete. Ma ad evitar sospetti
	彼らをお迎えください。しかし疑いを避けるために
	Desdemona si mostri a quei Messeri.
	デズデーモナ様はあれらの諸氏の前にお出になられますよう。
OTELLO オテッロ	Sì, qui l'adduci. よし、あれをここへ連れてこい。

(Jago esce dalla porta di sinistra: Otello s'avvia verso il fondo per ricevere gli Ambasciatori)

(ヤーゴ、左の扉から退場する、オテッロは使者たちを迎えるために舞台奥の方へ向かう)

Scena settima　第7景

> Otello. Lodovico, Roderigo, L'Araldo.—Dignitarî della Repubblica Veneta.—
> Gentiluomini e Dame—Soldati—Trombettieri, dal fondo—
> poi Jago con Desdemona ed Emilia, dalla sinistra.
> オテッロ、ロドヴィーコ、ロデリーゴ、伝令 ─ ヴェネト共和国の高官たち ─
> 身分の高い紳士たちと貴婦人たち ─ 兵士たち ─ 舞台奥からラッパ手たち ─
> 次いでデズデーモナおよびエミーリアと一緒に左手からヤーゴ

LODOVICO[*1] ロドヴィーコ	*(tenendo una pergamena)*[*2] （羊皮紙を持って）
	Il Doge ed il Senato
	統領(ドージェ)と元老院は
	Salutano l'eroe trionfatore
	挨拶の言葉を贈っております、キプロスの[*3]勝利者なる
	Di Cipro. Io reco nelle vostre mani
	英雄に。私は貴殿のお手にもたらします、

[*1]　譜面ではロドヴィーコの台詞が始まる前に (Entrano Jago, Lodovico, Roderigo, l'Araldo. – Desdemona con Emilia – Dignitari della Repubblica Veneta – Gentiluomini e Dame – Soldati – Trombettieri, poi Cassio.) と、これらの人物たちが登場するト書があり、人物たちの登場する間、人々の歓声が続き、前出とわずかに変化して "Viva! Evviva! Viva il Leon di San Marco" と繰り返される。
[*2]　譜面ではこのあとに "avvoltolata in mano 手に丸められた ─ 羊皮紙 ─" とあり。
[*3]　原文ではキプロスは次行、次行の英雄はこの行。

		Il messaggio dogale.
		統領の通達書を。
OTELLO オテッロ	*(prendendo il messaggio e baciando il suggello)* （通達書を受け取り、封印に口づけして）	
		Io bacio il segno
		私は御印に口づけします、
		Della Sovrana Maestà.
		至上の主君なるお方の。
	([*1]*lo spiega e legge)* （それを開き、読む）	
LODOVICO ロドヴィーコ	*(avvicinandosi a Desdemona)* （デズデーモナに近づいて）	
		Madonna,
		奥方、
		V'abbia il cielo[*2] in sua guardia.
		天が貴女をお見守りくださるよう。
DESDEMONA デズデーモナ		E il ciel v'ascolti.
		そして天が貴方様の言葉を聞きたまうことを。
EMILIA エミーリア	*(a Desdemona, a parte)* （デズデーモナに、傍白で）	
	(Come sei mesta.	
	（なんとお寂しげなこと。	
DESDEMONA デズデーモナ	*(ad Emilia, a parte)* （エミーリアに、傍白で）	
		Emilia！ una gran nube
		エミーリア！大きな雲が
	Turba il senno d'Otello e il mio destino.)	
	乱しているの、オテッロ様のおつむとわたしの運命を。)	
JAGO ヤーゴ	*(andando da Lodovico)*[*3] （ロドヴィーコのところへ行きながら）	

[*1] 譜面では"poi それから"が付されている。
[*2] （総）（ピ）ともに il ciel と語尾切断。
[*3] 譜面では（a Lodovico ロドヴィーコに）。

Messer*¹, son lieto di vedervi.
閣下、お目にかかれて嬉しゅうございます。

*(Lodovico, Desdemona e Jago formano crocchio insieme)*²
（ロドヴィーコ、デズデーモナ、そしてヤーゴ、一緒になって話をする）

LODOVICO
ロドヴィーコ

Jago,
ヤーゴ、

Quali nuove ?... ma in mezzo a voi non trovo
何か新情報は？…それはそうとそなたらの中に見えぬが、

Cassio.
カッシオが。

JAGO
ヤーゴ

Con lui crucciato è Otello.
オテッロが彼にお腹立ちで。

DESDEMONA
デズデーモナ

Credo
思いますに、

Che in grazia tornerà.
また引き立てを得るようになりますわ。

OTELLO
オテッロ

*(a Desdemona rapidamente e sempre in atto di leggere)*³
（デズデーモナに素早く、そしてずっと読む行為をしながら）

Ne siete certa ?
そちら*⁴はそれが確かだと？

DESDEMONA
デズデーモナ

Che dite ?
何とおっしゃいまして？*⁵

LODOVICO
ロドヴィーコ

Ei legge, non vi parla.
あの方は読んでおいでだ、貴女に話すのでなく。

＊1　(総)(ピ) ともに Messere。
＊2　譜面では、意味は変わらないが、次のようである。(Si sarà formato un crocchio tra Desdemona, Lodovico e Jago デズデーモナ、ロドヴィーコ、そしてヤーゴで一緒に話がされることになる)。
＊3　(総)(ピ) ともにこのト書を二つに分けて (sempre in atto di leggere) と (a Desdemona rapidamente)。
＊4　ここでオテッロは皮肉と反感を込めてデズデーモナに対して敬称の二人称 voi を使う。次のデズデーモナの台詞もオテッロに同調して voi。
＊5　"何を言われます？"の意だが、ここでは質問というよりオテッロの言葉の意味がよく分からずに"えっ？"と聞き返すほどの言葉。

JAGO ヤーゴ		Forse たぶん

Che in grazia tornerà.
また引き立てを得るようになると。

DESDEMONA
デズデーモナ
　　　　　　　　　　　　　　Jago, lo spero;
　　　　　　　　　　　　　ヤーゴ、そう望みますわ、

Sai se un verace affetto io porti a Cassio...
ご存知よね、わたくしがほんとの親愛の情をカッシオに抱いているか…

OTELLO
オテッロ　*(sempre in atto di leggere e*[*1] *febbrilmente a Desdemona sottovoce)*
　　　　　（変わらず読む行為をしながら、激してデズデーモナに小声で）

Frenate dunque le labbra loquaci...
いいからその饒舌な口を抑えていただこう…

DESDEMONA
デズデーモナ　Perdonate, signor...
　　　　　　　お許しくださいませ、ご主人様…

OTELLO
オテッロ　*(avventandosi contro Desdemona)*
　　　　　（デズデーモナに向かって飛び掛りながら）

　　　　　　　　　　　　　　Demonio, taci !!
　　　　　　　　　　　　　　悪魔め、黙れ!![*2]

LODOVICO
ロドヴィーコ　*(arrestando il gesto d'Otello)*
　　　　　　（オテッロの動きを制止しながら）

Ferma !
やめなさい！

TUTTI[*3]
全員　Orrore !
　　　　恐ろしいことだ！

LODOVICO
ロドヴィーコ　　　　　　　　La mente mia non osa
　　　　　　　　　　　　　わたしの頭にはとてもできぬ、

Pensar ch'io vidi il vero.
自分が真実を見たと思うことは。

＊1　譜面では"ma しかし"。
＊2　ここでのオテッロはデズデーモナに敬称から親称の二人称 tu に変えて台詞を発する。この親称は当然ながら親しみや信頼の情からではなく、相手への怒り、憎悪、侮蔑等である。
＊3　(総)(ビ) ともにエミーリア、ロデリーゴ、合唱。

OTELLO オテッロ	*(repentinamente all'Araldo e con accento imperioso)*[*1] (伝令に、不意に、そして尊大な口調で)	

A me Cassio !

ここへ[*2]カッシオを！

(l'Araldo esce)

(伝令、退場)

JAGO ヤーゴ	*(passando rapido accanto ad Otello, e a bassa voce)*[*3] (オテッロのそばへ素早く移動しながら、そして低い声で)	

(Che tenti ?)

(何をするおつもりで？)

OTELLO オテッロ	*(a Jago a bassa voce)*[*4] (ヤーゴに、低い声で)	

(Guardala mentr'ei giunge.)

(奴がやってきたら、彼女を見ていてくれ。)

LODOVICO ロドヴィーコ		Ah ! triste sposa ![*5] ああ！気の毒なご夫人！

(a bassa voce avvicinandosi a Jago che si sarà un po' allontanato da Otello)[*6]

(それまでにオテッロから少し遠ざかっているヤーゴに近づき、低い声で)

Quest'è dunque l'eroe ? quest'è il guerriero

はてさて、これが英雄か？これが戦士か、

Dai sublimi ardimenti ?

秀でた豪胆さの？

JAGO ヤーゴ	*(a Lodovico alzando le spalle)*[*7] (ロドヴィーコに、肩をすくめながら)	

È quel ch'egli è.

あの方のあるがままの姿[*8]です。

- *1 譜面では all'Araldo, con accento imperioso のみ。
- *2 原文は"わたしのところへ"。
- *3 譜面では ad Otello a bassa voce のみ。
- *4 譜面では意味は同じであるが sottovoce。
- *5 (総)(ピ)ともに合唱の台詞。
- *6 譜面では (si avvicina a Jago e gli dice a parte ヤーゴに近づき、そして他の人々と別に彼に言う)
- *7 (総)にこのト書なし。
- *8 原文は"姿"との表現ではなく、"あの方であるそのままの者"の意。

LODOVICO ロドヴィーコ		Palesa il tuo pensiero. 君の考えを明かしてくれたまえ。
JAGO ヤーゴ	Meglio è tener su ciò la lingua muta. それについては言を黙しておくほうがよろしいと。	

Scena ottava　第8景

> **Cassio seguito dall'Araldo, e detti.**
> 伝令に従われたカッシオ、および前景の人々

OTELLO
オテッロ
(che avrà sempre fissato la porta)
　(彼はずっと入口を見据えていることになっていたのだが)

(Eccolo! È lui!
(そうれ奴が！奴だ！

(avvicinandosi a Jago mentre Cassio è sulla soglia) *1
　(カッシオが入口のところにいる間に、ヤーゴに近づきながら)

　　　　　Nell'animo lo scruta.)
　　　　きゃつの心中を探ってみてくれ。)

OTELLO
オテッロ
(ad alta voce a tutti)
　(大きな声で全員に)

Messeri! Il Doge...
閣下諸氏！統領は…

(ruvidamente ma sottovoce a Desdemona) *2
　(荒々しく、が、小声でデズデーモナに)

　　　　　— (ben tu fingi il pianto)
　　　　　　—(よくぞおまえは泣く振りをする。)

(a tutti ad alta voce) *3
　(全員に大きな声で)

Mi richiama a Venezia.
私をヴェネツィアへ召還しておられる。

---

*1　譜面では (appare Cassio カッシオ登場する) と (a Jago ヤーゴに)。
*2　譜面では (a parte a Desdemona 傍白でデズデーモナに)。
*3　譜面は語順が ad alta voce a tutti。

RODERIGO ロデリーゴ		(Infida sorte !) （先の見えぬ運命よ！）
OTELLO オテッロ	*(continuando ad alta voce e dominandosi)* （大きな声で続け、また、感情を抑えながら）	
	E in Cipro elegge そして選んでおられる、キプロスにおける	
	Mio successor colui che stava accanto 私の後任者を私の軍旗の	
	Al mio vessillo, Cassio. 傍らにいた者*¹、カッシオと。	
JAGO ヤーゴ	*(fieramente e sorpreso)* （傲然と、また驚いて）	
		(Inferno e morte !) （畜生！*²）
OTELLO オテッロ	*(continuando come sopra*³ e mostrando la pergamena)* （前と同じように続け、そして羊皮紙を示しながら）	
	La parola Ducale è nostra legge. 統領の言葉は我々の法律である。	
CASSIO カッシオ	*(inchinandosi ad Otello)* （オテッロにお辞儀をして）	
	Obbedirò. 従うといたします。	
OTELLO オテッロ	*(rapidamente a Jago in segreto*⁴ ed indicando Cassio)* （ヤーゴにこっそりと素早く、カッシオを指し示しながら）	
	(Vedi ? non par che esulti （見たか？喜んでいるようではないな、	
	L'infame ? あの恥知らずは。	
JAGO ヤーゴ	No.) ないですな。)	

---

*1　原文はこの部分は前行、"私の軍旗の"がこの行。
*2　原意は"地獄と死"。"地獄と死を！、地獄と死よ！"と叫ぶ罵倒の句で、自分の夢が壊れたヤーゴの"何てことだ、みんな地獄へ落ちて死んでしまえ"といった気持ちの表れ。
*3　譜面は come sopra なし。
*4　譜面では in segreto なく、その後、意味は同じであるが accennando a Cassio としている。

OTELLO オテッロ	(*¹*ad alta voce a tutti*) （大きな声で全員に）	
	La ciurma e la coorte 乗組員と軍勢、	
	(*a Desdemona sottovoce e rapidamente*)*² （デズデーモナに小声で、素早く）	
	(Continua i tuoi singulti...) （そのすすり泣きをつづけていろ…）	
	(*ad alta voce a tutti, senza più guardar Cassio*)*³ （大きな声で全員に、もうカッシオに目をくれることなく）	
	E le navi e il castello そして船舶と城を	
	Lascio in poter del nuovo Duce. 新任指揮官の権限にゆだねる。	
LODOVICO ロドヴィーコ	(*a Otello,**⁴ *additando Desdemona che s'avvicina supplichevolmente*) （オテッロに、哀願するように近づくデズデーモナを指差しながら）	
	Otello, オテッロ殿、	
	Per pietà la conforta o il cor le infrangi. どうかあの方をお労（いたわ）りなさい、でないとあの方の心は打ち砕かれますぞ*⁵。	
OTELLO オテッロ	(*a Lodovico e Desdemona*) （ロドヴィーコとデズデーモナに）	
	Noi salperem domani. 我われは明日、出帆することになる。	
	(*afferra Desdemona furiosamente*) （猛り狂ってデズデーモナをつかむ）	
	A terra !... e piangi !... 這いつくばえ！…そして泣け！…	

*1 譜面は"ancora 再び"が入る。
*2 譜面では (sottovoce a Desdemona) とのみ。
*3 譜面は (a tutti 全員に) のみ。
*4 譜面は a Otello なし。
*5 原文は"あなたは彼女の心を打ち砕く"と能動態。

(Desdemona cade. Emilia e Lodovico la raccolgono e la sollevano pietosamente)[1]
　(デズデーモナ、倒れる。思い遣り深くエミーリアとロドヴィーコは彼女を抱え、立ち上がらせる)

DESDEMONA　A terra !... sì... nel livido
デズデーモナ　　這いつくばえと！…そう…鉛色の

　　　　　　　Fango... percossa... io giaccio...
　　　　　　　　泥のなかに…ぶたれて…わたくしは伏している…

　　　　　　　Piango... m'agghiaccia il brivido
　　　　　　　　泣いている…身を凍らせるわ、戦慄が、

　　　　　　　Dell'anima che muor.
　　　　　　　　死んでゆく魂の戦慄が。

　　　　　　　E un dì sul mio sorriso
　　　　　　　　かつての日、あたしのほほ笑みには

　　　　　　　Fioria la speme e il bacio
　　　　　　　　花咲いていたわ、希望が、そして口づけが、

　　　　　　　Ed or... l'angoscia in viso
　　　　　　　　でも今は…顔に不安が

　　　　　　　E l'agonia nel cor.
　　　　　　　　そして心に苦悶が。

　　　　　　　Quel Sol[2] sereno e vivido
　　　　　　　　あの晴れやかで生き生きした太陽、

　　　　　　　Che allieta il cielo e il mare
　　　　　　　　空と海を喜ばせる太陽も

　　　　　　　Non può asciugar le amare
　　　　　　　　乾かしてくれることは出来ないわ、にがい

　　　　　　　Stille del mio dolor.
　　　　　　　　涙の雫を、あたしの悲しみの。

---

*1　譜面では Desdemona cade. は A terra～の前におかれ、A terra～の箇所には (a Desdemona デズデーモナに)。その後エミーリアとロドヴィーコへのト書の前に (Otello avrà, nel suo gesto terribile, gettata la pergamena al suolo, e Jago la raccoglie e legge di nascosto オテッロ、凄まじい身振りで羊皮紙を床に投げ捨ててしまい、するとヤーゴ、それを拾ってこっそり読む) とある。その後音楽の流れに沿って (Emilia e Lodovico sollevano pietosamente Desdemona)。

*2　(総)(ピ) ともに sol と小文字。

EMILIA エミーリア	(Quella[*1] innocente un fremito 　(あの無垢な方は憎しみの[*2]	
	D'odio non ha né un gesto, 　身震いも素振りもなく	
	Trattiene in petto il gemito 　うめきを胸におさめておられる、	
	Con doloroso fren. 　いたましい自制心で。	
	La lagrima si frange 　涙が流れ散っているわ、	
	Muta sul volto mesto: 　音もなく悲しげなお顔に、	
	No, chi per lei non piange 　いえそうよ、あの方のために泣かない人は	
	Non ha pietade in sen.) 　心に情けの持ち合わせがないってものよ。)	
RODERIGO ロデリーゴ	(Per me s'oscura il mondo, 　(僕にとって世界が暗くなり	
	S'annuvola il destin; 　運命が曇る、	
	L'angiol soave e biondo 　優しい金髪の天使は	
	Scompar dal mio cammin.) 　僕の行く道から消える。)	
CASSIO カッシオ	(L'ora è fatal！ un fulmine 　(この時は運命のもたらすものだ！雷光が	
	Sul mio cammin l'addita. 　僕の歩む進路にそのことを明かしている。	
	Già di mia sorte il culmine 　すでに僕の運命の頂点が	

＊1　(総)(ピ)ともに Quell' と表記。
＊2　原文は "憎しみの" は次行、次行の "身震い" がこの行。

S'offre all'inerte man.
自ら求めはしないこの手に差し出されている。

L'ebbra fortuna incalza
浮かれ調子づいた幸運が迫ってくる、

La fuga della vita.
この人生の絶えざる流れに。

Questa che al ciel m'innalza
僕を高みに押し上げるこれは

È un'onda d'uragan.)
波のうちでも大嵐の波だ。)

LODOVICO　(Egli la man funerea
ロドヴィーコ　(彼は死を呼ぶかのような手を

Scuote anelando d'ira,
怒りに喘ぎながら動かし

Essa la faccia eterea
彼女はこの世ならぬ美しい顔を

Volge piangendo al ciel.
泣きながら天へ向けている。

Nel contemplar quel pianto
あの涙を眺めれば

La carità sospira,
慈愛は嘆息し

E un tenero compianto
また柔和な哀れみの念が

Stempra del core il gel.*[1])
心中の氷を溶かす。)

IL CORO　*(a gruppi dialogando)*[2]
合唱　　（群れ集まって対話をして）

---

*1　（総）（ピ）ともにこのあとにエミーリアの台詞と同じ2行、"chi per lei non piange/ non ha pietade in sen" あり。また繰り返しの中で stempra が tempra。本来 stemprare と temprare は接頭語の s が付くことで反対の意味になるが、古語で temprare が temperare と同じ "和らげる" の意味に使われることがあるので、ここでは接頭語があってもなくても同じ意味と考えてよいだろう。

*2　譜面はこのト書なし。

DAME[*1] 貴婦人たち	Pietà !	
	お気の毒に！	
CAVALIERI[*1] 騎士たち	Mistero !	
	不可解だ！	
DAME 貴婦人たち	Ansia mortale, bieca,	
	死をにおわす不吉な不安が	

Ne ingombra, anime assorte in lungo orror.
あたり一面、心をとらえていつまでも恐怖で満たしますわ。

CAVALIERI 騎士たち	Quell'uomo nero è sepolcrale, e cieca
	あの黒人は不気味だ、そして理解しがたい

Un'ombra è in lui di morte e di terror.
死と恐怖の陰があの者のうちにはある。

DAME 貴婦人たち	Vista crudel ![*2]
	痛ましい光景！
CAVALIERI 騎士たち	Strazia coll'ugna l'orrido
	引き裂いている、爪でおぞましい

Petto ! Figge gli sguardi[*3] immoti al suol.
胸を！じっと視線を[*4]地に据えている。

Poi sfida il ciel coll'atre pugna, l'ispido
さらにそれから天に挑戦する、黒い両の拳(こぶし)をにぎり、毛深い

Aspetto ergendo ai dardi alti del Sol.
顔面を高くから注ぐ太陽の光にまっすぐに向けて。

DAME 貴婦人たち	Ei la colpì ! quel viso santo, pallido,
	あの人は彼女を殴打したのですよ！あの聖女のような、蒼ざめた

Blando, si china e tace e piange e muor.
柔和な顔を彼女は伏せ、黙して泣いて死んでしまわれるわ。

[*1] 譜面では DAME と CAVALIERI をそれぞれ合唱の"DONNE 女性たち"、"UOMINI 男性たち"とし、単に男女のみで、その身分や地位等への言及なし。
[*2] (総)(ピ)ともに繰り返しで Ah! と感嘆詞の入る箇所あり。
[*3] (総)(ピ)ともに gli sguardi figge の語順で始められ、繰り返しで台本と同じ語順となる。その後の繰り返しは台本に同じ。
[*4] 原文は"動かぬ視線"。

第 3 幕第 8 景

Piangon così nel ciel lor pianto gli angeli

天使たちはこんなふうに天で泣くのですわね、

Quando perduto giace il peccator.*¹

罪人*² が救いの道をはずれて倒れるとき。

JAGO *(avvicinandosi a Otello che resterà accasciato su d'un sedile)**³
ヤーゴ (椅子の上にくずおれていることになるオテッロに近づきながら)

(Una parola.

(一言。

OTELLO E che ?
オテッロ 何だ？

JAGO T'affretta ! Rapido
ヤーゴ お急ぎなさい！*⁴ 素早く

Slancia la tua vendetta ! Il tempo vola.

復讐をやってのけなされ！時は飛びゆきます。

OTELLO Ben parli.
オテッロ その通り。*⁵

JAGO È l'ira inutil ciancia. Scuotiti !
ヤーゴ 怒りは無意味なたわごと。お動きなさい！

All'opra ergi tua mira ! All'opra sola !

実行にあなたの照準を向けなされ！ただ一つの実行に！

---

*1 譜面ではここまでの長く続く（対訳ではヤーゴとロデリーゴの対話は後出になる）コンチェルタートの最後で、全員がオテッロの Fuggite! に驚愕したために最後の言葉、あるいは最後の言葉の語尾が落ち、それぞれ次のようになる。デズデーモナ del mio dol...、エミーリア in sen が落ちて pietade...、カッシオ d'ura... ロドヴィーコ gel が落ちて del core il...、合唱（男性） sol が落ちて ai dardi alti del...、合唱（女性） giace il pecca...、ヤーゴ il mio pen...、ロデリーゴ il mio cam...。

*2 "罪人"とは、本来の意味とともにキリスト教信者にとっては"人、人間全般"を意味するだろう。

*3 譜面では "si sarà accasciato くずおれることになった"、また椅子の意味では同じであるが、una sedia。

*4 ヤーゴはここからもまたオテッロに親称の二人称 tu を使う。怒り、絶望し、理性を失い、判断力が正常でない者に対して、信頼のおける味方であることをより強く信じさせ、自分のペースに巻き込んで相手をせきたてるためには親称の二人称が大いに有効であろう。

*5 原意は "おまえは正しいことを言う、よく言った" 等。

	Io penso a Cassio. Ei le sue trame espia.
	カッシオのことはあたしが考えます。あいつは自分の悪だくみを贖(あがな)うのです。
	L'infame anima ria l'averno inghiotte !
	邪悪な破廉恥漢は地獄が飲み込みます！
OTELLO オテッロ	Chi gliela svelle ? 誰が奴をやるのだ？*¹
JAGO ヤーゴ	Io. あたしが。
OTELLO オテッロ	Tu ? おまえが？
JAGO ヤーゴ	Giurai. 誓いました。
OTELLO オテッロ	Tal sia そうしてくれ。*²
JAGO ヤーゴ	Tu avrai le sue novelle in questa notte*³...) 今夜あなたは彼の情報を得ることに…）
	*(abbandona Oello e si dirige verso Roderigo)**⁴ （オテッロを離れてロデリーゴの方へ向かう）
	(ironicamente a Roderigo) （ロデリーゴに皮肉に）
	(I sogni tuoi saranno in mar domani （明日、きみの夢は海の直中(ただなか)ということに、
	E tu sull'aspra terra ! そしてきみは荒涼たる陸の上に！
RODERIGO ロデリーゴ	Ahi triste !*⁵ ただもう、悲しい！

---

*1　原文は"誰が彼からそれ（前行の l'infame anima 破廉恥な魂 — 前行では anima ＝魂は"人"の意味もあるので破廉恥漢と訳した —）をもぎ取る"。
*2　原意は"そうなるように"。
*3　(総)(ピ)ともに、意味に違いはないが、questa notte。
*4　譜面はこのト書なし。
*5　譜面では（a Jago ヤーゴに）とト書あり。

JAGO ヤーゴ		Ahi stolto ! やれ、愚かな！

Stolto ! Se vuoi tu puoi sperar ; gli umani,
　愚か者が！望めば、きみは希望をもてる、男としての、
Orsù ! cimenti afferra, e m'odi.
　さあ！試練の機会をつかみとれ、で、聞くんだ。

RODERIGO ロデリーゴ		Ascolto.*¹ 聞いてるよ。
JAGO ヤーゴ	Col primo albor salpa il vascello. Or Cassio 　夜明け早々に戦闘用帆船は出港する。今やカッシオが	

È il Duce. Eppur se avvien che a questi accada
　指揮官だ。それでも、もしこの男に降りかかるとなれば、

(toccando la spada)
（剣に触れながら）

Sventura… allor qui resta Otello.
　災いが…そうなればオテッロはここに留まる。

RODERIGO ロデリーゴ		Lùgubre 陰惨な

Luce d'atro balen !
　どす黒い稲妻の光よ！

JAGO ヤーゴ		Mano alla spada ! 剣に手を！

A notte folta io la sua traccia vigilo,
　夜更けて俺が奴の跡をつける、
E il varco e l'ora scruto, il resto a te.
　そして通り道と時間をさぐる、あとはきみに。
Sarò tua scolta. A caccia ! a caccia ! Cingiti
　俺はきみの見張り役になる。狩へ！狩へ！身に負え、
L'arco !
　弓を！

RODERIGO ロデリーゴ		Sì ! t'ho venduto onore e fé.) よし！僕は名誉と信仰をきみに売った。）

＊1　(総)(ピ) ともに "<u>T</u>'ascolto. <u>君の話を</u>～"。

JAGO ヤーゴ		(Corri al miraggio！Il fragile tuo senno 　(走れ、蜃気楼へと！脆いおまえの分別は
		Ha già confuso un sogno menzogner. 　すでに嘘っぱちの夢が掻き乱しちまってるのよ。
		Segui l'astuto ed agile mio cenno, 　抜け目なくして巧みな俺の指図に従え、
		Amante illuso, io seguo il mio pensier.) 　幻に迷う色男よ、俺は俺の考えに従う。)
RODERIGO ロデリーゴ		(Il dado è tratto！Impavido t'attendo 　(賽は投げられた！恐れずしておまえを待つぞ、
		Ultima sorte, occulto mio destin. 　最後の運だめしよ、我が秘められた運命よ。
		Mi sprona amor, ma un avido, tremendo 　愛が僕に拍車をかける、だが貪欲な恐るべき
		Astro di morte infesta il mio cammin.) 　死を招く星が僕の行く道に立ちはだかる。)
OTELLO オテッロ		*(ergendosi e rivolto alla folla, terribilmente)* 　(すっくと立ち上がり、人々の方へ向いて、凄まじい勢いで)
		Fuggite！ 　立ち去れ！
TUTTI 全員		Ciel！ 　　まさかのこと！*1
OTELLO オテッロ		*(slanciandosi contro la folla)* 　(人々めがけて突進しながら)
		Tutti fuggite Otello！ 　　皆、オテッロから立ち去れ！
		(fanfara interna)*2 　(舞台裏でのファンファーレ)
JAGO ヤーゴ		*(agli astanti)**3 　(居合わせる人々に)

*1 原意は"天よ"。
*2 (総)はトランペットとトロンボーンに音が、(ピ)も同じ音が共に譜面にあるので、ファンファーレという表現はない。また譜面ではファンファーレの始まるのは次のオテッロの台詞(〜rubello.)のあとになる。
*3 譜面では(a tutti 全員に)。

	Lo assale una malia
	彼を襲っていまして、何か災い[*1]が、
	Che d'ogni senso il priva.
	彼からあらゆる判断力を奪うそうしたものが。
OTELLO オテッロ	*(con forza)* （力を込めて）
	Chi non si scosta è contro me rubello.
	遠退(とおの)かぬ者はわたしに対し反逆心ありとする。
LODOVICO ロドヴィーコ	*(fa per trascinare lontano Desdemona)* （デズデーモナを離れたところへ無理にも連れていこうとする）
	Mi segui...
	私についておいでなさい…
VOCI 声	*(dal di fuori)*[*2] （舞台の外から）
	Evviva !
	万歳！
DESDEMONA デズデーモナ	*(sciogliendosi da Lodovico e accorrendo verso Otello)* （ロドヴィーコから身を振りほどき、オテッロの方へ走り寄りながら）
	Mio sposo !
	わたくしのご主人様！
OTELLO オテッロ	*(a Desdemona)*[*3] （デズデーモナに）
	Anima mia
	わたしの愛しの者、[*4]
	Ti maledico !
	おまえを呪う！
TUTTI 全員	*(escono*[*5] *inorriditi)* （恐怖に襲われて退場する）

---

*1　原意は中世から信じられている悪魔などの力を借りて行われる"魔法、妖術"など。そこから人には予想のつかない災い等ともなる。ここでの災いとは"心の病"というほどの意か。
*2　譜面では（di dentro 舞台裏で）。
*3　譜面は（terribile a Desdemona 恐ろしく、〜）。
*4　原意は"私の魂"。"自分の魂とも思う存在"ということで、愛する者に対する常套的な呼び名として"いとしの君よ、いとしのあなた"等。
*5　譜面では"Tutti 全員"と主語を入れている。

> Orror !...
> 恐ろしい！…

(Desdemona, fra Emilia e Lodovico, esce)

（デズデーモナ、エミーリアとロドヴィーコに挟まれて退場）

Scena nona　第9景

[**Otello e Jago soli.**[*1]
オテッロとヤーゴのみ]

OTELLO
オテッロ

(sempre più affannoso)[*2]

（ますます苦渋に満ちて）

Fuggirmi io sol non so !... Sangue ! Ah ! l'abbietto

俺だけは自分から逃げることができない！…血だ！[*3] ああ！この浅ましい

Pensiero !... *ciò m'accora !*

考え！…これは心痛む！[*4]

(convulsivamente, delirando)

（痙攣したように身を震わせ、錯乱状態になりながら）

Vederli insieme avvinti... il fazzoletto !...

抱き合っているあれらを見る…ハンカチ！…

Ah !...

ああ！…

(sviene)

（気を失う）

JAGO
ヤーゴ

(Il mio velen lavora.)

（俺の毒は効いている。）

---

*1　(総)には (Restano Otello e Jago soli)、(ピ)には (Restano soli Otello e Jago) とト書あり。意味は、語順が異なるのみで、(オテッロとヤーゴのみ残る)と同じ。
*2　譜面では (sempre affannoso 変わらず苦渋に満ちて)とあり、l'abbietto の前におかれている。
*3　原文は"血"のみであって、主語とも目的語とも考えられる。
*4　斜体であるのは、前に聞いたヤーゴの言葉（第2幕第3景冒頭）が甦って口にしたことを示している。

FANFARE e VOCI[*1] ファンファーレと人々の声	*(dal di fuori)* （舞台の外から）	

       Viva Otello !
       オテッロ万歳！

JAGO ヤーゴ	*(ascoltando le grida, poi osservando Otello disteso a terra tramortito)*[*2] （歓声を聞いて、それから気絶して床に横たわったオテッロを眺めながら）

       L'eco della vittoria
       この勝利のこだまは

Porge sua laude estrema.
こいつの最後の賛歌を奏している。

(dopo una pausa)[*3]
（少し間をおいてから）

Chi può vietar che questa fronte io prema[*4]
誰に禁じられるというのだ、この額を俺が踏みつけるのを、

Col mio tallone ?
俺のかかとで？

(esterne più vicine)
（前より近くなった舞台外の声）

FANFARE e VOCI[*5] ファンファーレと人々の声	Evviva Otello ! Gloria 万歳オテッロ！栄光あれ、

Al Leon di Venezia !
ヴェネツィアの獅子に！

JAGO ヤーゴ	*(ritto e con gesto d'orrendo trionfo, indicando il corpo inerte d'Otello)* （直立し、そして残虐極まりない勝利の身振りでオテッロの身動きしない体を指差しながら）

       Ecco il Leone !...[*6]
       さあこれぞ、獅子よ！…

＊1　（ピ）はピアノ伴奏であるので前註同様ファンファーレとの言及なしだが、（総）では（fanfara interna 舞台裏のファンファーレ）と記述があり、ファンファーレが鳴り響く。合唱には（interno 舞台裏で）と指示。
＊2　譜面では音楽に沿ってト書を2つに分け、(ascoltando le grida 歓声を聞きながら)、(osserva＝眺める Otello disteso a terra tramortito) としている。
＊3　譜面にこのト書はなく、ヤーゴの台詞の間のとり方として porge sua laude estrema の前後に合唱の Evviva! が入る。
＊4　（総）（ピ）ともに "questa fronte prema" と、主語の io なし。韻律の音節の数に変わりはない。
＊5　譜面では合唱 CORO への指示として（interno e più vicino 舞台裏で、そしてより近くで）。
＊6　譜面では文末は感嘆詞のみで、… はない。

第4幕

ATTO QUARTO

ATTO QUARTO
第4幕

La Camera di Desdemona.
デズデーモナの部屋[*1]

Letto, inginocchiatoio, tavolo, specchio, sedie. Una lampada arde appesa davanti all' immagine della Madonna che sta al di sopra dell' inginocchiatoio. Porta a destra. È notte.[*2] Un lume acceso sul tavolo.

寝台、祈禱台、テーブル、鏡、何脚かの椅子。祈禱台の上方にある聖母像の前に吊り下げられたランプが燃えている。右側に扉。夜である。テーブルの上に灯の点った明り。

Scena prima 第1景

> **Desdemona. Emilia.**
> デズデーモナ、エミーリア[*3]

EMILIA
エミーリア
Era più calmo?
先ほどよりお静まりでして?

DESDEMONA
デズデーモナ
Mi parea. M'ingiunse
そのようだったわ。わたくしにお命じになったの、

Di coricarmi e d'attenderlo. Emilia,
床についてあの方をお待ちするようにって。エミーリア、

---

*1 シェイクスピアの原作は対訳冒頭の註にも記したように5幕仕立てであり、オペラの第4幕は原作の第5幕に対応するわけだが、原作の5幕は、オペラにはない路上でのロダリーゴウ(ロデリーゴ)のキャシオウ(カッシオ)襲撃とその結末の場面、それからデズデモウナ(デズデーモナ)の寝室の場面になる。

*2 譜面では"夜である"は末尾に置かれている。

*3 前註のように原作では第2場がデズデモウナの寝室であるが、オペラにおけるここのデズデーモナとエミーリアの会話は、原作では前幕の第4幕で交される。オペラの第3幕に相当する第4幕でイアーゴウに唆(そそのか)され、罠にはまり、デズデーモナへの疑惑に突き動かされる情況に陥ったオセロウは、ヴェネツィアの使者との会見、さらに会食をすませ、客人を送り出しに行くその間にデズデモウナに自室に下がって休んでいるように命じる。その場に残ったデズデモウナとエミーリアはオセロウの、そして世の男と女のあり方の話をし、デズデモウナは母親の召使いだったバーバラ(バルバラ)を思い出して「柳の歌」を歌う。そして第5幕、先の註の路上の場のあと、デズデモウナとエミーリアの会話は前幕であるのですぐオセロウの登場になる。

Te ne prego, distendi sul mio letto
あなたにお願いなの、わたくしの寝台の上に広げてちょうだいな、

La mia candida veste nuzïale.
純白のわたくしの花嫁衣裳を。

M'odi.*1 Se pria di te morir dovessi
聞いて。もしあなたより先に死なねばならないってことだったら

Mi seppellisci con un di quei veli.
あの衣装のうちの一枚を着せて埋葬してちょうだいね。

EMILIA　Scacciate queste*2 idee.
エミーリア　そんなお考え、追っ払ってくださいませ。

DESDEMONA　*(sedendo macchinalmente davanti allo specchio)*
デズデーモナ　（無意識的に鏡の前に座りながら）

　　　　　　　　　　Son mesta tanto.
　　　　　　　　　　あたし、とても寂しいの。

Mia madre aveva una povera ancella
あたしの母にはいたのよ、可哀相な小間使いが、

Innamorata e bella;
恋をしていて綺麗でね、

Era il suo nome
その娘の名前は

Barbara.*3 Amava
バルバラだったわ。彼女は愛していたの、

Un uom che poi l'abbandonò, cantava
やがて彼女を捨てたある男を、彼女はよく歌っていたのよ、

Una canzone: *la canzon del Salice.*
柳の歌という　歌(カンツォーネ)　を。

*(a*4 Emilia)*
（エミーリアに）

— Mi disciogli le chiome. —
—髪を梳いてちょうだいな。—

---

*1　（総）（ピ）ともに、意味は変わらないが、"Senti."。
*2　（総）（ピ）ともに quest'idee と表記。
*3　（総）（ピ）ともに"；"で、文は切れずに amava と続く。
*4　譜面では ad と表記。

Io questa sera ho la memoria piena
今夜はひどく思い出されるの、*¹
Di quella cantilena:
あの哀歌(カンティレーナ)*²のことが、

" Piangea cantando
「歌いながら泣き濡れていた、
Nell'erma landa,
淋しい荒れ野で
Piangea la mesta.
哀れな乙女は泣き濡れていた。
O Salce ! Salce ! Salce !
柳よ！柳！柳！
Sedea chinando
うつむけて座していた、
Sul sen la testa !
乙女はあたまを胸に！
*O*³ *Salce ! Salce ! Salce !*
柳よ！柳！柳！*⁴
Cantiamo ! il Salce funebre
いっしょに歌いましょう！しめやかな柳は
Sarà la mia ghirlanda."
いつかあたしの花飾り。」

— *Affrettati; fra poco giunge Otello.* —*⁵
—急いでね、間もなくオテッロがおいでになるわ。—

---

*1　原文は"哀歌に満ちた思い出が浮かぶ"の意。
*2　カンティレーナとは単調なリズムの素朴で簡素な歌の作品。子供の数え歌、子守唄などもその範疇に入る。
*3　(総)(ピ)ともにこの呼び掛けの"O"なし。台本のその後の O Salce も譜面では O なしで Salce のみ。
*4　シェイクスピアの作品のいくつかでは"柳"は"失恋のしるし"として現れる。イタリアでもしだれ柳は、長く垂れた葉が涙を連想させるところから"salice piangente 涙する柳"といわれ、悲しみにくれる姿の象徴となる。
*5　譜面ではこの台詞に (ad Emilia エミーリアに) とト書あり。

"*Scorreano i rivi fra le zolle in fior,*
　「花咲く野辺を小川はながれ
　　Gemea quel core affranto,
　　　その打ちひしがれた心は嘆きをもらしていた、
E dalle ciglia le sgorgava il cor
　そして心は彼女の瞳にながさせた、
　L'amara onda del pianto.
　　　涙のにがい大波を。
O Salce ! Salce ! Salce !
　柳よ！柳！柳！
Cantiam la nenia blanda.[*1]
　いっしょに歌って、もの静かな悲歌(ネニア)[*2]を。
Cantiamo ! il Salce funebre
　いっしょに歌いましょう！しめやかな柳は
Sarà la mia ghirlanda."
　いつかあたしの花飾り。」

"*Scendean gli*[*3] *augelli a vol dai rami cupi*
　「鳥たちは舞い降りてきた、ほの暗い枝々から
　Verso quel dolce canto.
　　　その甘い歌のほうへ。
E gli occhi suoi piangevan[*4] *tanto, tanto,*
　そして乙女の目は涙にあふれていた、とても、とても
　Da impietosir le rupi."
　　　岩々にもらい泣きさせるほど。」

(a Emilia levandosi un anello dal dito)
　（エミーリアに、指から指輪を外しながら）
— Riponi questo[*5] anello. —
　— この指輪をしまってちょうだい。—

---

*1　この1行は曲付けされていない。
*2　ネニアとは埋葬式聖歌、葬歌、弔歌、そこから哀歌、悲歌。
*3　(総)(ピ)ともに l'augelli と表記。
*4　(総)(ピ)ともに piangean。
*5　(総)(ピ)ともに quest'anello と表記。

Povera Barbara !*¹ - Solea la storia
　　可哀相なバルバラ！－この歌のお話はきまって
Con questo semplice - suono finir:
　　こんな慎ましやかな－文句で終わったのよ、

" Egli era nato - per la sua gloria,
　　「あの人は生まれてきて－あの人の栄光のために、
Io per amarlo*²................"
　　　あたしはあの人を愛するために……」
(interrompendo)*³
　　（中断して）
— Ascolta. Odo un lamento.
　　—耳をすまして。嗚咽の声が聞こえるわ。
(Emilia fa qualche passo)
　　（エミーリア、数歩、足を進ませる）
Taci. Chi batte a quella porta?...*⁴
　　黙って。誰があの扉を叩いているのかしら？…

EMILIA
エミーリア

　　　　　　　　　　　　È il vento.
　　　　　　　　　　　　風ですわ。

DESDEMONA
デズデーモナ

" Io per amarlo e per morir."*⁵
　　「あたしはあの人を愛するために、そして死ぬために。」

———

— Emilia, addio. Come m'ardon le ciglia !
　　—エミーリア、ではね。何てまぶたが熱いのでしょう！
È presagio di pianto.
　　涙が出る前触れだわ。
(abbraccia Emilia che esce)*⁶
　　（出ていくエミーリアを抱擁する）

＊１　譜面では（alzandosi 立ち上がって）とト書あり。
＊２　（総）（ピ）ともに amar̲ とし、lo（あの人を）を抜いている。韻律の音節の数に変わりはない。
＊３　譜面では（ad Emilia エミーリアに）。
＊４　（総）（ピ）ともに "..." なし。
＊５　譜面では "Cantiamo! Salce!" の繰り返しあり。
＊６　譜面はこのト書なし。

Buona notte.[*1]
おやすみ。

Scena seconda　第2景

[**Desdemona sola.**
  デズデーモナ一人]

DESDEMONA　*(va all'inginocchiatoio)*[*2]
デズデーモナ　　（祈禱台のところへ行く）

Ave Maria piena di grazia, eletta
　アヴェ・マリア、[*3]恩寵に満ち、選ばれし

Fra le spose e le vergini sei tu,
　お方です、おんみは妻と乙女のうちより、

Sia benedetto il frutto, o benedetta,
　御子の祝せらんことを、祝せられしお方よ、

Di tue materne viscere, Gesù.
　お身のうち[*4]の御子、イエスの。

Prega per chi adorando a te si prostra,
　祈りたまえ、おんみを崇めておんみに平伏す者のため、

Prega pel peccator, per l'innocente
　祈りたまえ、罪人のため、罪なき者のため、

E pel debole oppresso e pel possente,
　そして虐げられる弱き者のため、さらに強き者のために

Misero anch'esso, tua pietà dimostra.
　彼らもまた哀れなる者なればおんみの憐みを垂れたまえ。

---

*1　譜面ではこのあと（Emilia si volge per partire エミーリア、部屋を出て行こうと向きを変える）とト書、そしてデズデーモナが"Ah! Emilia, Emilia, addio, Emilia addio!"と再び言葉を発し、(Emilia ritorna e Desdemona l'abbraccia エミーリア、引き返し、デズデーモナは彼女を抱擁する）とト書が付されている。その後（Emilia esce エミーリア、退場する）とト書。
*2　（総）にこのト書なし。（ピ）は（all'inginocchiatoio 祈禱台のところで）。
*3　シェイクスピアの原作にアヴェ・マリアの祈りの場面はない。前出の註に記したように、デズデーモナとエミーリアの会話はデズデーモナの私室でなく城内の広間の一隅でなされ、5幕になってからの私室の場面はオテッロの登場から始まり、就寝前の祈りを唱える機会は設定されていない。
*4　原意は"母胎"。

Prega per chi sotto l'oltraggio piega
祈りたまえ、垂れる者のため、恥辱のもとに
La fronte e sotto la malvagia sorte;
またよこしまな運命のもとに頭(こうべ)を、
Per noi tu prega
私どものため、おんみ、祈りたまえ、
Sempre e nell'ora della morte nostra.[*1]
常に、そして私どもの臨終のときに。[*2]

*(resta ancora inginocchiata [*3]ed appoggia la fronte sull'inginocchiatoio come chi ripeta mentalmente una orazione. Non s'odono che le prime e le ultime parole della preghiera)*

(まだ跪いたままで、そして頭の中で祈りの言葉を繰り返す[*4]者であるかのように額を祈禱台にもたせ掛けている。祈りの最初と最後の言葉のほか聞こえない)

Ave Maria..
....
....
アヴェ・マリア…………………………
……………………………………………
……………………………………………
................................nell'ora della morte.
…………………………臨終のときに。
Amen.[*5]
アーメン。

(si alza e va a coricasi)

(立ち上がり、横になりに行く)

[*1] 譜面はこのあと"prega per noi 私どものため、祈りたまえ"が繰り返される。
[*2] アヴェ・マリアのこの最後の2行と最初の4行は、カトリックのアヴェ・マリア聖歌の歌詞(ラテン語)にほぼ一致する。
[*3] 譜面のト書はここから多少異なり、"e appoggiando la fronte sull'inginocchiatoio ripete mentalmente l'orazione di cui non s'odono che le prime e le ultime parole そして額を祈禱台に凭(もた)せ掛けながら頭の中で祈りの言葉を繰り返し、それは最初と最後の言葉しか聞こえない"としている。
[*4] 演技としては、口のみ動かし声にならないということであろう。
[*5] 譜面はこのAmenの前に"Ave!"とある。Amenには台本と異なり感嘆符！が付されている。AveはAve Mariaに代表されるように、カトリックの典礼において、祈願、祈りの対象に向けて発する賛美を込めた挨拶、呼び掛けの言葉。

Scena terza　第3景

[**Desdemona. Otello.**
デズデーモナ、オテッロ]

(Otello entra da una porta segreta, depone una scimitarra sul tavolo, s'arresta davanti alla face, titubante se spegnerla o no. Guarda Desdemona. Spegne la face. La scena resta rischiarata dal solo lume dell'inginocchiatoio. Otello, spinto da un impeto di furore, s'avvicina al letto; ma là s'arresta. Contempla lungamente Desdemona che dorme. La bacia tre volte. All'ultimo bacio Desdemona si desta.)[*1]
(オテッロ、隠し扉から登場し、テーブルの上に新月刀を置き、明りの前でそれを消そうか消すまいか迷って立ち止まる。デズデーモナを見る。明りを消す。舞台は祈禱台の光だけで照らされている。オテッロ、怒りの激昂に駆られて寝台に近づく、が、そこで立ち止まる。眠っているデズデーモナをしばらくの間しげしげと見る。彼女に三回、接吻する。最後の接吻でデズデーモナ、目を覚ます)

DESDEMONA　[*2]..........Chi è là?...
デズデーモナ　…………[*3]そこに、どなた？

Otello?

オテッロ？

OTELLO　Sì. Diceste questa sera
オテッロ　そうだ。唱えたかな[*4]、今晩

Le vostre preci?

あんたの[*4] お祈りを？

[*1]　譜面では音楽の進行につれて次のようにト書を付している。(Alla prima nota comparirà Otello sulla soglia di una porta segreta 最初の音でオテッロ、隠し扉の敷居のところに現れてくる)、(depone una scimitarra sul tavolo テーブルの上に新月刀を置く)、そのあと s'arresta ～ la face までは台本に同じ。その後また音楽につれ、次のようになる。(movimento a furore 怒りに激昂した動き)、(Si avvicina al letto 寝台に近づく)、(S'arresta 足を止める)、(Rialza le cortine, contempla lungamente Desdemona che dorme ― 寝台の ― 垂れ幕を持ち上げ、眠っているデズデーモナを長いこと眺める)、(Dà un bacio a Desdemona デズデーモナに口づけをする)、(altro bacio また口づけ)、(un altro ancora さらにもう一度)、(si desta ― デズデーモナは ― 目を覚ます)。
[*2]　譜面では (Si alza 起き上がる) とト書あり。
[*3]　ここで詩句の行頭が下がっているのは、韻律の規則からくる詩行の音節の数による理由ではなく、次の台詞を発するに至る前のデズデーモナの戸惑いを表していると考えられる。譜面にはそうした句読点は記入されはしないが、音楽からそれがうかがえるだろう。
[*4]　ここでオテッロはデズデーモナに対し敬称の二人称 voi を用いて話し出す。次の台詞も voi である。そのあと親称の tu となる。これまでにもデズデーモナへの二人称の voi と tu の使い分けがあったが、台詞の二人称の形からも (敬称、親称という呼び名が必ずしも話者たちの心理・情況に合致するものではないが、それは単に文法上の名称として、本来意味するところを考えてみるなら) オテッロの相手への心のあり方を読み取ることができ、大いに興味深く、また重要といえるだろう。同様の観察はオテッロに対するデズデーモナについても重要だろう。

DESDEMONA デズデーモナ		Orai. 唱えましたわ。
OTELLO オテッロ		Se vi sovviene もしあんたの心に浮かぶなら[*1]、
	Di qualche colpa commessa che attenda 何か犯した罪、天からの許しを[*2]待つようなそんな罪のことが、	
	Grazia dal ciel, imploratela tosto. すぐにそれをお願い申し上げることだ。	
DESDEMONA デズデーモナ	Perché? なぜですの？	
OTELLO オテッロ		T'affretta.[*3] Uccidere non voglio 早くしろ。[*4]殺したくない、
	L'anima tua. おまえの魂は。	
DESDEMONA デズデーモナ	D'uccider parli? 殺すとおっしゃって？[*5]	
OTELLO オテッロ		Sì. そうだ。
DESDEMONA デズデーモナ	Pietà di me, mio Dio. わたくしに憐みを、我が神様。	
OTELLO オテッロ		*Amen.*[*6] アーメン。[*7]

---

*1　原文の vi sovviene di〜は、意味上は qualche colpa が主語になるはずであるが、前置詞 di があるために語法上 sovviene の主語になれず、変則な構文として qualche colpa について vi（あなたに）思い浮かぶとなり、主語は明確にされ得ない。

*2　原文では"天からの許しを"は次行。

*3　（総）（ピ）ともに T'affretta! と感嘆詞。

*4　前註に記したように、ここからデズデーモナに対する二人称は親称の tu となる。

*5　デズデーモナは愛し、信じるオテッロに対して、当然ながらに、愛する対象への二人称である親称の tu で語りかける。

*6　（総）（ピ）ともに斜体でない。

*7　アーメンは、第1幕の註にも記したが、キリスト教の祈りで最後に唱える"然あれかし"の意の言葉。オテッロはデズデーモナの"神の憐みを"という言葉に対して、"そうなるように"と、愛憎、悲嘆、怒り、皮肉等々の思いから発した一言であろう。

DESDEMONA デズデーモナ	E abbiate そしてお持ちください、[*1]
	Pietà voi pure. 憐みを、あなたもまた。[*1]
OTELLO オテッロ	Pensa ai[*2] tuoi peccati. おまえの罪業を思ってみろ。
DESDEMONA デズデーモナ	Mio peccato è l'amor. わたくしの罪は愛ですわ。
OTELLO オテッロ	Perciò[*3] tu muori. それがためおまえは死ぬ。
DESDEMONA デズデーモナ	E perché t'amo m'uccidi?...[*4] ではあなたを愛するからわたくしを殺すと？…
OTELLO オテッロ	Ami Cassio. おまえはカッシオを愛している。
DESDEMONA デズデーモナ	No ! sull'anima mia !! いいえ！わたくしの魂にかけて!!
OTELLO オテッロ	Quel fazzoletto[*5] あのハンカチ、
	Ch'io ti donai gli desti. 俺がおまえに贈ったあれを奴に与えた。
DESDEMONA デズデーモナ	Non è vero ! そうではありません！
OTELLO オテッロ	Nella sua man lo vidi. 奴の手にあるのを見た。
DESDEMONA デズデーモナ	Io rea non sono ! わたくしに咎はありません。

*1 ここでオテッロに対する二人称は敬称の voi に変わる。
*2 （総）（ピ）ともに a' tuoi peccati と表記。
*3 （ピ）は Per ciò としているが、意味は Perciò に同じ。
*4 （総）（ピ）ともに "..." なし。
*5 （総）は（cupo 暗く陰鬱に）とト書あり。

OTELLO オテッロ		Confessa ! 白状しろ！
DESDEMONA デズデーモナ		Giuro ! 誓います！
OTELLO オテッロ		Bada allo spergiuro... 偽りの誓いには注意しろ…
	Pensa che sei sul tuo letto di morte. いいか*1、おまえは死の床にいる。	
DESDEMONA デズデーモナ	Non per morir. 死ぬためではありません。	
OTELLO オテッロ		Per morir tosto. すぐにも死ぬためだ。
DESDEMONA デズデーモナ		Aita ! 助けて！
	Cassio non amo... ch'ei qui venga... ei parli. カッシオを愛してなど…あの方にここへ来て…あの方に話してもらいますように。	
OTELLO オテッロ	Muto è per sempre.*2 奴は永久に口をつぐんだ。	
DESDEMONA デズデーモナ		Cielo ! Morto ? まさか！*3 死んだ？
OTELLO オテッロ		Morto.*4 死んだ。
DESDEMONA デズデーモナ	Son perduta !...*5 ei tradito ! もう駄目だわ！…あの方、陥れられて！	

---

*1 原文は"考えろ、思ってみろ"の意。考えろ、思えと言うが、その内容である che 以下の動詞が接続法でなく直説法であることから、断定的に"死の床にいる"という表現。訳語では"いいか"とした。
*2 （総）は（cupo 暗く陰鬱に）とト書あり。（ピ）は音楽表現用語として。
*3 原意は"天よ"。
*4 譜面では（freddo 冷ややかに）とト書あり。
*5 （総）（ピ）ともに"..."なし。

OTELLO オテッロ		E pianger l'osi ?*¹ で、奴のことを泣こうと？
DESDEMONA デズデーモナ	Otello...*² non uccidermi... オテッロ…わたしを殺さないで…	
OTELLO オテッロ		Tu invano おまえは、無駄だ、
	Ti difendi. 逃れようとしても。*³	
DESDEMONA デズデーモナ		Ch'io viva ancor...*⁴ わたし、まだ生きられますよう…
OTELLO オテッロ		Giù！cadi, もういい！死ね*⁵、
	Prostituta !...*⁶ 娼婦め！…	
DESDEMONA デズデーモナ		Pietà ! お慈悲を！
OTELLO オテッロ		Muori !! 逝け!!
DESDEMONA デズデーモナ		Ch'io viva あたし、生きられますよう、
	Questa notte... 今夜は…	
OTELLO オテッロ		No.*⁷ いいや。
DESDEMONA デズデーモナ		Un'ora... 一時…

* 1 （総）には（con forza 激しく）とト書あり。（ピ）は音楽表現用語として。
* 2 （総）（ピ）ともに"..."なし。
* 3 原意は"うまく身をかわす、切り抜ける"。
* 4 （ピ）には（con disperazione 必死に）とト書あり。また文末の"..."なし。
* 5 原意は"落ちる、倒れる"だが、詩では"死ぬ"の意にも。
* 6 （総）（ピ）ともに"..."なし。
* 7 （総）（ピ）ともに"No"は3回とも"No!"と感嘆符としている。

OTELLO オテッロ		No.*1 いいや。
DESDEMONA デズデーモナ		Un istante. 一瞬。
OTELLO オテッロ	No.*1 いいや。	
DESDEMONA デズデーモナ	Sol ch'io dica un'Ave. アヴェ・マリアを唱えるためだけ。	
OTELLO オテッロ		È tardi! È tardi!...*2 遅い！もう遅い！…
	(la soffoca. Un grido di Desdemona)*3 （彼女を扼殺する。デズデーモナの叫び声）	
	(s'ode bussare alla porta)*4 （扉を叩くのが聞こえる）	
OTELLO オテッロ	*(contemplando il corpo inerte**5 *di Desdemona)* （デズデーモナの動かない体をしげしげと見て）	
	Calma come la tomba. 墓石のごとく静かだ。	
EMILIA エミーリア	*(dal di fuori)**6 （部屋の外から）	
		Aprite! Aprite! 開けてください！開けてください！
OTELLO オテッロ	*(trabalzando)* （跳び退いて）	
	Chi è là! - Chi batte! そこに、誰だ？- 誰が叩いてる！	

＊1　前ページ＊7参照。
＊2　2回目の È tardi!... は曲付けされていない。詩形からすると、ここは11音節で綴られる詩行であるので、11音節のためには È tardi! は2度必要となる。台本は詩形を尊重してこの句を繰り返している。
＊3　譜面はト書でなく、譜面上に"Ah!"とあり、それに（grido 叫び声）とある。
＊4　譜面は（dal di fuori, bussa alla porta 部屋の外からドアを叩く）。
＊5　(総) は il corpo di Desdemona inerte の語順。意味は大きく変わらないが、動かないデズデーモナの体となる。
＊6　譜面では（picchia di nuovo 再び叩く）とある。

EMILIA エミーリア	*(come sopra)* [*1] (前と同様に)	
		Signor mio... ven prego, ご主人様…貴方様にお願いです、
	Lasciate ch'io vi parli... Aprite ! 貴方にお話させてくださいまし…開けてください !	
OTELLO オテッロ	*(aprendo)* (開けながら)	
		Emilia, [*2] エミーリア、
	Che avvenne ? 何があった ?	
EMILIA エミーリア	*(entrando)* (入ってきながら)	
		Un gran delitto ! Cassio uccise 大事件[*3]が ! カッシオが殺害しました、
	Rodrigo. ロドリーゴ[*4]を。	
OTELLO オテッロ		E Cassio ? で、カッシオは ?
EMILIA エミーリア		Vive. ご無事です。[*5]
OTELLO オテッロ		Cassio vive !! [*6] カッシオが無事!!
DESDEMONA デズデーモナ	*(dal letto)* (寝台から)	
	Ingiustamente... uccisa ingiustamente... 間違って…間違いで[*7]殺され…	

---

*1 譜面は (picchia ancora また叩く)。
*2 (総)(ピ)ともに感嘆符!。
*3 原意は"犯罪、罪"。
*4 ここではロデリーゴ (Roderigo) でなくロドリーゴ (Rodrigo)。
*5 原意は"生きている"。
*6 (総)では感嘆符は1つ。
*7 訳語"間違って、間違いで"とは、"正しくなく、正当性がなく、不当に"の意。

EMILIA エミーリア	*(accorrendo al letto)* （寝台へ駆けていきながら）	
	Chi geme là ?...*1 Orror ! 誰がそこで呻いてるの？…恐ろしいこと！	
DESDEMONA デズデーモナ		Muoio innocente... 罪なくして死ぬの…
EMILIA エミーリア	Gran Dio !...*1 Chi fu ?*2 まさか！…*3 誰の仕業です？*4	
DESDEMONA デズデーモナ		Nessuno... io stessa... al*5 mio 誰でもないの…わたしが自分で…わたくしの
	Signor mi raccomanda... Emilia...*6 Addio... ご主人様にわたしのことよしなにね…*7 エミーリア…さようなら…	
	(muore) （死ぬ）	
OTELLO オテッロ	O mentitrice ! io l'uccisi. 嘘つき女め！俺が殺したのだ。	
EMILIA エミーリア		Assassino ! 人殺し！
OTELLO オテッロ	Fu di Cassio la druda. A Jago il chiedi. カッシオの情婦だったのだ。ヤーゴにそう聞いてみろ。	
EMILIA エミーリア	A Jago ?! ヤーゴに?!	
OTELLO オテッロ	A Jago. ヤーゴにだ。	

---

*1 （総）は"…"なし。
*2 譜面では Chi fu? は２度繰り返される。
*3 原意は"偉大なる神"。
*4 原意は"誰だった"。
*5 （総）（ピ）ともに Al mio と大文字。この前で文が切れ、新たな文頭となっている。
*6 譜面では Emilia でなく、"Muoio innocente..."と前の台詞の繰り返し。
*7 原意は"私を主人に薦めて、ゆだねて"等であるが、果たして何を意味するか曖昧である。訳語では"主人によろしく、よしなに"としたが、恐らく意味するところは、"わたくしのことを主人に分かってもらえるようにしてね"といったことであろう。

EMILIA エミーリア		Stolto !! e tu il credesti?...*¹ 馬鹿だね!! それであなた、彼を信じたんですか?…*²
OTELLO オテッロ	Negarlo ardisci?! おまえはそうでないとでも言うのか?!	
	(fa per avventarsi contro Emilia) (エミーリアに向かって飛びかかろうとする)	
EMILIA エミーリア		Non ti temo. あなたを恐れちゃいませんよ。
OTELLO オテッロ	*(la afferra)* (彼女を攫む)	
		Bada ! いいか!*³
EMILIA エミーリア	*(si svincola e corre verso la porta gridando disperatamente)* (身を振りほどき、無我夢中で叫びながら扉の方へ走る)	
	Olà ! Soccorso ! Aiuto ! Otello uccise みんな*⁴!助けて!手を貸して!オテッロが殺した、	
	Desdemona ! デズデーモナ様を!	

---

*1 (総)(ピ) ともに "…" なし。
*2 ここからエミーリアは主人であるオテッロに親称の二人称 tu で語る。当然これは親愛の情に発する tu ではなく、エミーリアの、主人に対してであってもそれまでのように敬称の voi を使っていられぬ抑え難い反感・敵意の情の表れといえる。
*3 原意は "注意しろ" であるが、ここでは注意を促すのではなく、"いいか、分かるか、殺すことだってできるのだぞ" といった脅しの意味合い。
*4 原意は横柄あるいは乱暴な呼掛け、警告の "おい、こら、ねえ、ちょっと" 等の間投詞。

Scena quarta 第4景

> Otello. Emilia. Lodovico. Cassio. Jago. Poi Montàno con gente armata.[*1]
> オテッロ、エミーリア、ロドヴィーコ、カッシオ、ヤーゴ、
> そのあと続いて武装した人々とともにモンターノ

TUTTI[*2] *(tranne Otello ed Emilia)*
全員 （オテッロとエミーリアを除いて）

Quai grida ! Orrore ![*3] Orrore !
何たる叫び声！恐ろしい！恐ろしいことだ！

EMILIA Jago,[*4] smentisci quel vile assassino.
エミーリア ヤーゴ、あの卑劣な人殺しの言うことは嘘だって言ってやりなさい。

Hai tu creduto Desdemona infida?
あんたは信じたの、デズデーモナ様が不実だと？

Parla !
話しなさいよ！

JAGO Tal la credea.
ヤーゴ あの方をそうだと信じていた。

OTELLO Quel fazzoletto
オテッロ あのハンカチ、

Che un dì le diedi, a Cassio essa donava.
以前わたしが与えたあれを、彼女はカッシオに贈ってたのだ。

EMILIA O potenza divina !
エミーリア そういうことだったの[*5]！

---

*1 譜面では (Entrano Lodovico, Cassio e Jago, più tardi Montàno con gente armato ロドヴィーコ、カッシオ、そしてヤーゴが、さらにそのあとモンターノが武装した人々とともに登場する) とト書あり。
*2 (総)(ピ) ともに Cassio, Jago, Lodovico と 3人の名を指定している。
*3 譜面は (vedendo Desdemona デズデーモナを目にしながら) とト書あり。
*4 譜面ではこの台詞の前に (a Jago ヤーゴに) とト書あり。
*5 "聖なる神のお力よ"を意味するこの句は、コンテクストによって驚嘆、感嘆、希望、怒り、焦り、助け等々、様々な感情や状況を表す感嘆詞として使われる。ここでは"そうだったのか、あのハンカチがとんでもないことに！神様、何とかしてください、お力を"といった気持ちの表れ。

JAGO ヤーゴ	*(ad Emilia)* （エミーリアに）	

Taci.*1
黙ってろ。

EMILIA
エミーリア

No,*1
いいえ、

Tutto rivelo !
すべてを暴いてやるわ！

JAGO
ヤーゴ

Taci.*1
黙っていろ。

EMILIA
エミーリア

No ! Costui
いやよ！この男が

Dalla mia man quel fazzoletto svelse
わたしの手からあのハンカチを取りあげたのです、

A viva forza.
無理やりに。

CASSIO
カッシオ

E nella mia dimora
それで、僕の住まいで

Trovai quel vel.
そのハンカチを見つけたのか。

MONTÀNO
モンターノ

(entrando ed indicando Jago)
（登場してきてヤーゴを指差しながら）

Rodrigo morente
瀕死のロドリーゴ*2が

Mi svelò di quest'uom l'arti nefande.
わたしにこの男の悪辣な手口を明かしましたぞ。

OTELLO
オテッロ

(a Jago)
（ヤーゴに）

Ah ! discolpati !!
ああ！申し開きをしてみろ!!

---

*1 （総）（ピ）ともに感嘆符！を付している。
*2 ここもロデリーゴでなくロドリーゴ。

JAGO ヤーゴ	*(fuggendo)* (逃げながら)	
	No. いいや。	
LODOVICO ロドヴィーコ	Ferma.*¹ とまれ。	
MONTÀNO モンターノ	S'insegua. あとを追うのだ。	

(alcuni escono inseguendo Jago)
(数人がヤーゴを追って出て行く)*²

TUTTI 全員	Afferratelo! 彼を捕まえろ!
OTELLO オテッロ	*(slanciandosi per afferrar la spada)* (剣を取るために突進しながら)
	E il ciel non ha più fulmini?!... して、天にもはや雷光はないのか?!…
LODOVICO ロドヴィーコ	La spada a me! 剣を私に!
OTELLO オテッロ	Tant'osi?! - Niun mi tema そうまで仰るか?! - 誰もわたしを恐れることはない、

S'anco armato mi vede. Ecco la fine
わたしが武器を手にしているのを見ても。ここで最後だ、

Del mio cammin... Oh! Gloria! Otello fu.
我が人生の歩みも…ああ!栄光よ!オテッロは過去のものとなった。

(lascia cadere la spada)
(剣を取り落とす)

---

*1 (総)(ピ)ともに感嘆符!。
*2 シェイクスピアの原作のイアーゴウは、エミーリアがイアーゴウの悪事を皆に明かすと、オセロウが怒ってイアーゴウに掴みかかろうとし、それをモンターノウが止めに入る隙にエミーリアを刺して逃げる。エミーリアは妻の愛と純潔を信じきらなかったオセロウへの恨みの言葉とデズデモウナへの情愛を口にしながら死ぬ。その後イアーゴウは追手に捕えられて皆の前へ引きもどされ、ロドヴィーコウから口を割らぬなら拷問、そして考え得る最も酷い厳罰と告げられる。

第4幕第4景

(va presso al letto e contempla Desdemona)
(寝台の傍らへ行ってデズデーモナを眺める)

E tu... come sei pallida ! e stanca, e muta, e bella,
して、おまえは…何て蒼ざめている！そして力なく、そして黙して、そして美しい、

Pia crëatura nata sotto maligna stella.
悪い星のもとに生まれた聖なる女[*1]よ。

Fredda come la casta tua vita, e in cielo assorta.
清らなそなたの命そのままに冷たい、そして天にもっていかれてしまって。

Desdemona ! Desdemona !... Ah !... morta !... morta !... morta !...[*2]
デズデーモナ！デズデーモナ！…ああ！…死んだ！…死んだ！…死んだ！…

(estraendo furtivamente dalle vesti un pugnale)
(衣服の下から密かに短剣を取り出しながら)

Ho un'arma ancor !
まだ武器はある！

(si ferisce)
(自らを殺める)

CASSIO
カッシオ

Ah ! Ferma !
ああ！ おやめに！

TUTTI[*3]
全員

Sciagurato !
災いの餌食たる者！

OTELLO
オテッロ

Pria d'ucciderti... sposa... ti baciai.
おまえを殺すまえ…妻よ…おまえに口づけをした。

Or morendo... nell'ombra...[*4] ov'io mi giacio...
今、死にゆくとき…わたしが横たわる…この闇の中で…

Un bacio... un bacio ancora... un altro bacio...
口づけを…口づけをもう一度…もう一つ口づけを…

(muore)[*5]
(死ぬ)

---

*1 原意は"被創造物"。
*2 (総)(ピ)ともにこの行のAh !... 以外の4箇所の"..."なし。
*3 (総)(ピ)ともにLodovico, Montànoと2人を指定している。
*4 譜面は"..."なく、次のov'を、意味に違いはないが、"in cui"としている。
*5 (総)(ピ)ともに第4幕最終小節の前6小節目に（cala la tela 幕が下りる）と指示あり。欄外に"Fine dell'Opera オペラ終わり"と記されている。

訳者あとがき

　《アイーダ》初演から8年になろうとする1879年9月4日、66歳の巨匠ヴェルディは、それとなく持ち上がっていた新たなオペラ作曲の案についてこんな手紙を楽譜出版元のジュリオ・リコルディ氏に送っています、「〜 貴兄のある友人との、ボーイトと思われますが、訪問はいつでも喜ばしいものです。ですがこの件については、申し訳ないながらはっきりと述べておきたいと思います。彼の訪問は小生をひどく束縛することになるでしょう。このチョコレート・プラン（ヴェルディの近しい友人、関係者の間ではオペラ《オテッロ》をこう呼んでいた）がどのように生まれたか、貴兄はご存知です。あの折は貴兄たち皆、小生とファッチョ（のちに《オテッロ》の初演を指揮することになる指揮者）を交えて食事をしていました。で、オテッロとボーイトの話が出たのです。翌日、ファッチョがボーイトを小生の許へ伴い、3日後ボーイトはオテッロの草案を持ってきました。読んでみて、良いと思いました。で、申しました、台本作成をなさるといい、貴方にも、私にも、そのほかにも色々と有意義でしょう、と。今、貴兄がボーイト共々ここへ来られれば、小生は台本を読まねばならない。もし小生がそれを申し分なく良いと思い、貴兄がここへおいていかれたとする、すると小生はある意味、拘束されます。もし、良いと思っても何らかの変更を助言し、ボーイトが受け入れたとする、すると小生はさらにいっそう拘束されます。もし気に入らなくて、面と向かって彼にそうした考えを言うことになったらそれは余りに辛いことになりましょう。いやはや！貴兄はお先走りです、不味いことになって嫌な思いをする前に足を止めることです。小生の考えでは、最善策は（貴兄が同意され、ボーイトに可能なら）出来上がった台本を小生に送ってくださり、それで小生が台本を読むことができ、我々うちの誰にも無理を強いずに小生の意見を冷静にお話できることです。少しばかり微妙なこの難儀を越えられた暁には、ボーイトとここへおいでください、大歓迎です」。その後、11月18日、ヴェルディは台本を受け取り、大いに評価したばかりか台本を自身で買取る気にまでなり、12月2日に譲渡契約をすませ、ボーイトと共同作業に入ることになるのでした。この時点でヴェルディは《オテッロ》に取り組む決意をかためたといえましょう。

　ヴェルディとボーイトの最初の出会いは、これを遡ること17年、ヴェルディの《諸国民の讃歌 1862》にボーイトが歌詞を提供したときでした。ボーイトは、1842年、画家の父とポーランド人貴族の母との間にパドヴァで生まれ、のちに建築家・作家になる兄とヴェネツィアで幼年時代をすごし、11歳ですでに離婚していた母親とミラノへ移り住み、そこで音楽院に入学してピアノ、ヴァイオリン、作曲を学んだのでした。18歳のときには作曲と詩作の双方の作品を、学友

として親交のあったファッチョと共同で公にし、61年、19歳で音楽院を卒業するとパリへ渡り、ロッシーニ、ベルリオーズ、グノー、オーベールなどと知り合い、また先の《諸国民の讃歌》作詞の機会を得たのでした。が、間もなくミラノへ戻った若いボーイトは、ちょうどそのころ、イタリアの政治・社会情勢から独特の様相のうちに展開されたロマン派、つづく後期ロマン派の文学活動への反動としてミラノを中心とする北部イタリアに現れた蓬髪（スカピリアトゥーラ）派の文学・芸術運動に共感して加わり、その代表格にまでなるのでした。蓬髪派の芸術家たちが求め、目指したのは、既存のモラルや伝統の社会概念やブルジョア的市民生活への反撥、個人の感覚と思考で現実生活をとらえること、その表現のために表現法の自由獲得などですが、その一方、イタリア・ロマン派の特殊な愛国主義文学の陰でフランスやドイツのようなロマン派精神を享受できなかった事情から、当時のかの地のボヘミアンへの憧れ、デカダンスへの傾倒、幻想怪奇文学への興味などを見せています。とすると、当時のボーイトにはイタリア・オペラの伝統の王道を歩むかに見えるヴェルディは、必ずしも尊崇の対象でなかったでしょう。現にそうした内容の発言をしばしばしています。そしてオペラの舞台実現とは三つの芸術要素、音楽、文学（詩）、美術の融合と考えていたということです。ヴェルディよりワーグナーへ向かっていきそうです。そんなボーイトは、音楽誌、演劇誌への執筆、その編集責任者、詩作、韻文の劇作、オペラ（台本、作曲共に手がけた《メフィストーフェレ－1868年初演、改作1875年》、《ネローネ－1875年頃から着手、台本は1901年出版、作曲は未完の遺稿にV. トンマジーニとA. ズマレリアが補筆して1924年初演)、カタラーニ、ポンキエッリたちへの台本執筆、等々、多岐にわたる活動に勤しみます。因みに兄カミッロも建築家、作家として活躍し、日本で知られる作品は、L. ヴィスコンティの映画『夏の嵐』の原作になっている「Senso（"官能"とでも訳せるでしょうか)」かと思われます。そして20年ちかく、祖国がイタリア王国としてそれなりの姿をととのえはじめたなかで、蓬髪派の髪乱して新しい芸術を求めた若い自由人たちにも月日は経っていたのでしょう。

　ボーイトは、1879年の9月から11月半ばまで、ヴェルディに《オテッロ》の台本をわたすべく全力を傾けました。そして台本はヴェルディに買取りを願わせるほどに気に入ることになりました。が、買取りという作曲家の行為で作曲家と台本作家の関係が終わったのではありませんでした。じつはこれが始まりでした。このときから二人のあいだで作品完成のために余すところない意見交換がなされることになったのでした。未だ手紙が最良の通信手段であった時代のおかげで、残された《オテッロ》作曲中にヴェルディとボーイトが交わした45通あまりの書簡の文面を読むことができます。二人はすでにある台本をもとに手紙で、作品の筋立てや場面構成やドラマとしての効果のあり方から詩句の形、行数、韻律や

人物たちの状況をよりふさわしく表す単語の選択にいたるまで、意見を述べ合います。ボーイトの手紙にはヴェルディの望みに副うように努めたいとする心情があふれ、まさに信奉者に対するような尊崇の念をもって誠実に真剣に、自身の意見を、ときに反論もふくめて述べる彼の姿が見えるかのようです。そして文面では、あくまでその道の大家に同じレベルで近づくことはいたしません、私が言葉を向けておりますのはマエストロご自身ではなくて御足下です、という慎み深い態度です。対する29歳年長のヴェルディは、ボーイトを若手の才人として信頼して忌憚なく意見を述べるとともに、助言も求め、より良い作品に仕上がっていくことへの喜びと感謝をくりかえし述べています。大マエストロの文面も、ボーイトほどに儀礼に則った表現ではない、けれど決して大家の尊大さ、年少者への馴れ馴れしさから選ばれた文体によるものではありません。

　共同作業は、一年ほどのところで、《シモン・ボッカネグラ》の改作のために中断されます。この台本作成はボーイトで、1881年3月24日にスカラ座で上演されました。そしてその初夏に二人は《オテッロ》に戻りますが、間もなく1884年までの長期間、なぜか休みとなってしまいます。その間、ヴェルディは1867年の《ドン・カルロス》の改作をおこなって4幕のイタリア語版《ドン・カルロ》を1884年1月10日にスカラ座で上演し、あるいはあるジャーナリストの発言からボーイトに対して少しばかりわだかまりを抱いた、などという出来事があったようですが、そして1883年夏くらいから実際には作曲にかかっていたとの資料もあるそうですが、ふたたび彼がボーイトに作曲に邁進していると伝える手紙をしたためたのは84年も12月になってからです。ここからヴェルディの作業は、ボーイトに自身の考えを明かしつつ、彼の意見や助言に耳を傾けつつ、1886年12月までつづきました。そして12月18日、この日付の手紙で、第2幕第3景の最後の2行の別案の詩句を受け取ったことに短く感謝したあと、こう記しています、「〜たった今、残っていたオテッロの最後の幕をガリニャーニ（リコルディ社専属の写譜係）に渡しました！… 可哀想なオテッロ！もうここへは戻ってこないのです!!!」と。ついに《オテッロ》はヴェルディの手を離れたのでした。ボーイトはヴェルディの言葉に「あのムーア人は最早ドーリア館の扉を叩きにやってはこないでしょう、ですが貴方様はスカラ座でムーア人とお会いになることとなられましょう。オテッロはおります。偉大な夢は現実となりました。何と残念なことか！〜」と返事を送ります。手紙はこのあとフランス語訳についての報告がつづられ、ヴェルディがミラノでシェイクスピアの『オセロウ』の舞台を見たらその感想を知らせてほしいとの依頼にその必要なしと答え、大マエストロの作品への称讃がつづきます。

　作曲家と台本作家は7年におよぶ年月、《オテッロ》とともにあったのでした。そして、出来上がった作品への愛惜のその先には、次の《ファルスタッフ》へと

向かう道筋が見えていたのでしょうか。

　ボーイトはその後、シェイクスピア作品の翻訳、他の作曲家のための台本執筆などを自身の活動として手掛けますが、1901年にヴェルディが世を去ってからは長いこと仕上がらないままになっていた《ネローネ》の作曲に重点をおくようになります。が、未完のまま1918年1月10日にミラノで没しました。ボーイトとヴェルディの縁が深かったことは、あることからも感じられるのではないでしょうか。ヴェルディは1889年にミラノ郊外に土地を入手し、引退した音楽家のための"憩いの家"を建設します。自身の生涯の最高傑作と大マエストロが評したこの"憩いの家"は、ボーイトの兄、カミッロ・ボーイトの設計によるものでした。

　このように、この作品が最終的に出来上がるまでの過程を見るなら、作品の台本がそれまでの多くのイタリア・オペラのものとずいぶん密度が異なると考えられます。そして現に、《オテッロ》の台本は無駄なく充実していて美しく、詩形は伝統的な型を踏まえながら随所で独創性の際立つ韻律が現れ、特に一詩行に単一の音節行でなく複合音節行（例えば5音節詩行や7音節詩行や11音節詩行といった通例の詩行のほかに複合5音節詩行、複合7音節詩行、6音節詩行＋8音節詩行の14音節詩行など）を用いています。それでいて必ずしも複雑な文体ではありません。が、正しく読み取るには、少なくとも対訳を試みた私の力量では、覚悟して取り組まなければなりませんでした。そして果たして自分の解釈が正しいかという不安に随所でゆきあいました。これを東京藝術大学の講師、エルマノ・アリエンティ氏が解消してくださいました。氏にはどれだけの質問をしたことでしょうか。そしてずいぶん長い期間にわたって氏をお煩わせしました。氏の誠意に満ちたお助けがなければ、ボーイトの台本を解釈しきることはできなかったと考えます。本当に有り難いことと、心から感謝申し上げます。

　対訳作成の方針としては、この対訳ライブラリーで私が担当させていただいた他の作品の場合同様に、日本語の分かりやすさを犠牲にしても、原文に何も加えず、引かず、原文の各行ごとにそれに対応する日本語をおくというまったくの逐語訳に努めました。作曲家が音楽を付した原語の歌詞の意味を、音楽に沿いながら、あるいはテキストを追いながら、原語とずれることなく日本語で知っていただけるようにとの考えからです。語のつながり方など、日本語として一考を要するような箇所もかなりあるかと思われますが、台本理解の基本として、原文の意をそのままお伝えしたい訳者の願望に読者の皆様がたの忍耐を少し頂戴できればこの上ない喜びです。

　あまりに見事な台本であるために、非力な訳者としては対訳の作業に予想よりずっと長い時間を要してしまいました。その間、音楽之友社の塚谷夏生さんには待ちつづけていただくことになりました。そのご寛容さ、また折にふれお助けく

くださったことにお礼を申し上げます。編集の労をとってくださいました石川勝氏には、諸所でたいへん有意義なご指摘、ご助言をいただき、複雑な校正にも熱意を注いでいただきました。伏してお礼を申し上げます。ありがとうございました。

対訳には自分なりに努力したつもりではありますが、浅学の身のこと、不備や間違いがありましたならご教示いただきたく、読者の方々にお願い申し上げます。

なお、オペラ《オテッロ》の原作であるシェイクスピアの『オセロウ』に作劇のヒントを与えた物語、チンツィオ・ジラルディ作『百物語(エカトンミーティ)』中の一話は、ヴェルディとボーイトが、特にボーイトは、しばしば参照していたようですので、要約をこのあとに付しておきたいと思います。

2013年4月　対訳者

『百物語=Hecatommiti』は、16世紀イタリアの文学者で劇作家のジャンバッティスタ・チンツィオ・ジラルディ=Giambattista Cinzio Giraldi（1504-73）によって、ボッカッチョの『デカメロン』の先例に倣った構成で、1527年のドイツ軍のローマ劫掠(ごうりゃく)をのがれて船で旅に出た高貴な男女が旅のあいだに十日間、一日十話を語った話をまとめた形の物語集として、1541年までに執筆され、1565年に出版されました。その第三日第七話がヴェネツィアのムーア人の話です。

かつてヴェネツィアに才気あふれて思慮深く、戦いにおいて勇猛果敢、あまたの勝利重ねる軍籍のムーア人がいた。共和国の重鎮たちの信頼を得て、軍における地位も確かだった。そんな彼に稀なる美貌と美徳をそなえたディズデーモナ（Disdemona）という名の女性が、けして情欲からでなく、彼の精神の気高さに惹かれて恋をした。彼もまた彼女の優しい心ばえに感じ入る。そして彼女を良き家柄に嫁がせようとしていた一族の目論見を尻目に、二人は結婚をしてしまった。

その生活ぶりはまさに絵にかいたような仲睦まじさ、交わされるのは愛の言葉のみというそんなとき、キプロス駐留ヴェネト共和国軍に配属変えがあり、ムーア人に兵士統率の将軍職就任の命が下った。名誉は大きい、しかし妻を遠くへ連れゆくのは彼女の幸せか…。ディズデーモナはもとより彼に従うつもりだが、夫が何か浮かぬ様子なのを見て、わけを問うた。彼曰く、妻に船旅の難儀をさせたくない、が、ヴェネツィアに残せば妻と離れる辛さに命がちぢむだろう。すると妻は彼となら火の中、水の中も厭わぬと答え、その言葉に、ムーア人は彼女に接吻し、神のご加護で愛がいつまでも続くようにと願いながら共に任地へ向かう決意をする。

軍の用意は万端すぐにととのい、腹心の部下である隊長と旗手を従え、いざキ

プロスへ出航となる。海は穏やかにして、一行は、無事、島へ到着した。旗手なる男はヘクトルかアキレスかというほどの美丈夫にして弁舌爽やか、いかにも律儀なふるまいは人々の好感を呼び、現にムーア人もまた彼に親愛の情を抱いた。だが、その表の姿と裏腹に、世にまたとないほど邪悪で卑劣な心をもっていた。彼も妻を同行したが、若く正直なこの女はディズデーモナに気に入られ、よく行き来する仲になった。ムーア人は隊長もまた大いに可愛がり、しばしば家へ招いて食事をした。妻は夫の気持ちを尊びたい思いから、隊長のために何かと心づくしをした。

　旗手はそのうちディズデーモナに横恋慕をする。何としても彼女が欲しいが、それとなく挑んでみても夫のほか目に入る様子はなく、あからさまに言い寄ってムーア人に知れればお手打ちは必至。叶わぬ思いに苛まれるうち、彼は邪推する、ディズデーモナは隊長に気がある、そのため自分を拒むのだ。

　彼は隊長を消そうと考える、それに自分がディズデーモナをものにできぬならムーア人にもいい思いをさせてなるものかと。すでに恋慕が憎悪に変わった悪辣非道なこの男は、さまざまに考えを巡らした。そしてついにムーア人に妻が姦通している、相手は隊長と思わせることにした。が、ムーア人の抱く妻への愛は揺るぎない。好機を待とう。

　間もなく、歩哨に立っていた隊長が兵士に対して刃傷沙汰を起こした。ムーア人は怒って彼の任を解いた。夫が腹心の隊長を愛しているのを知るディズデーモナは、二人の仲を元にもどしたいと願い、夫に彼の復帰をしきりにせがんだ。ムーア人からそれを聞かされた旗手は時機到来とばかりに彼にささやいた、恐らく奥方はこれまで同様にあの男に会いたくてそのような…。それはどのような意味かと問うムーア人に、彼はご夫婦のことにこれ以上は申せません、ご自身でお確かめを、と。これは何を意味するのだろう。ムーア人の心に旗手の言葉は棘となって刺さった。

　ディズデーモナは、隊長が諍いを起こした兵士と和解したのを知ると、またも夫に彼の許しを乞うて言った、親しい友人でもある隊長と仲良くなさったらいかがですか、もともとさして重大な事件ではなかったのですし、ムーア人はお気持ちが熱くて時にお怒りや復讐心が強すぎるのでは、と。この言葉に彼は呻く、旗手の言いたかったのは妻があの男に惚れているということかと、そして旗手のもとを訪れてそなたの知るところをさらにもっと教えろとせまる。

　旗手は不快なことを耳に入れるのは自分の本意ではないとしながらも、尊崇する指揮官の命に背くこともまたできかねるとして、ムーア人にこう告げる、黒い肌に嫌気がさしてきたあのお方にとって隊長が家を訪れた折に得るお楽しみについて知っておかれるべき、と。ムーア人は心臓を一突きされた思いがした。が、彼の言葉が真実であろうと思わざるを得ない半面、まだ疑いたい気持ちもあり、

妻を侮辱したおまえの舌を抜いてやると挑みかかる。旗手は自分の義務と指揮官の名誉のためにお教えしたことでそんな仕打ちを受けるとは心外、ならば真実をはっきり申しますと開き直る。そして妻が貞節とは貴方様にそう見えるだけ、裏で隊長と密通している、彼がわたしにそう語った、いっそわたしの手であの男を殺してやりたいくらいだと言い放った。ムーア人は猛り狂ってそれを俺の目に見せろ、と。旗手は、これまでならいくらも可能だったろうが、つまらぬ出来事で隊長を遠ざけたために現場を捉えるのが難しくなってしまったとまことしやかに説明し、それでも待てば信じたくないことを目にする機会は生まれましょう、と。

　ムーア人はまるで毒矢に射抜かれたような姿で家へ戻る。そして彼を永遠に惨めにする妻の密通の確たる証拠を旗手がもたらす日の来るのを待つことになった。

　旗手はディズデーモナの揺るぎない愛と貞淑ぶりを知っている。作り話をムーア人に信じさせられるような証拠などあり得ようか。悪辣な旗手は考えを巡らした。そして思いついたのがディズデーモナのハンカチだった。ディズデーモナは旗手の妻と親しく、しばしば彼女のもとを訪れていたが、そんなとき、いつも、夫から贈られたムーアの繊細華麗な手刺繍のハンカチを大切に携えていたのだった。それを種に決定的な疑惑の証拠を…。

　旗手には三歳の娘がいた。ムーア人の妻はこの女児を可愛がっている。ある日、彼女が家へ来ると、旗手は娘を抱き上げ、彼女に手渡して胸に抱かせた。そして子供に気をとられている間に、ベルトにはさんだハンカチを抜き取った。ディズデーモナはそのまま帰宅し、ハンカチの紛失に気づいたのは数日たってからだった。かけがえのない夫の贈り物をなくしてしまった、夫にそれが知れたらどうしよう、そう思うと不安がつのる。旗手のほうは折を見て隊長のもとへ行き、巧みな策を講じて彼のベッドのそばへ寄るとそこへハンカチを落としておいた。翌朝、隊長はベッドから降りたとき、ハンカチを踏む。ディズデーモナのものだ。どうしてこれがここに…。彼はディズデーモナに返そうと考え、ムーア人の不在を見計らって家を訪れ、裏口の戸を叩いた。

　ムーア人は家にいた。そこで、誰だ、と問う。ムーア人の声と知った隊長はあわてて逃げた。彼は外まで出て誰であるかを確かめようとしたが、もう姿はなかった。妻に心当たりはないかと尋ねるが、彼女は、本当に知らないので、ないと答えた。隊長のように思えたがとの問いかけにも、分からないと。ムーア人は煮えたぎる怒りを内におさえて旗手に事の次第を語り、隊長に事情を問いただすように命じる。

　旗手はこれぞ計画通りと喜び、ある日、自分と隊長が話しているのをムーア人に見せる算段をする。本当は色恋沙汰の話題ではなかったが、旗手の受け答えの身振りから察するかぎり驚くべき艶種と受け取れる二人の会話。これをムーア人は垣間見る。彼はやっとのことに自制して耐えた。そして隊長が立ち去るやすぐ、

奴は何を言った、と旗手に激しくせまった。

　わたしの意に必ずしも沿わないながら貴方様がそこまでおっしゃるならと、彼は口を開く。隊長はわたしに隠すことなく言いました、貴方様の奥方と貴方様のご不在の折にはいつもお楽しみにおよび、最近の密会の折にはハンカチを、ご結婚時に貴方様が奥方に贈られたあれをあの男に手渡された、と。ムーア人は旗手に礼を述べると同時に妻がハンカチを持っていなければ彼の言うことは真実である、そうなれば許してはおかぬと心に誓った。

　ほどなく、ムーア人は何気ない会話をかわす振りをしながら、妻にハンカチのことを問うた。彼女はとうとう心配していたことが起こったと思うと顔が真っ赤になり、彼はそれを見逃さなかった。妻は箱の中を探す振りをしながらどこへいったのかしら、あなたはご存じなくて、と。夫は知っていればなぜおまえに尋ねる、よく探せ、と言い放って立ち去った。

　ムーア人はどうやって妻を殺すか、いっしょに隊長も殺してやる、下手人が自分と分からぬためにはどうすればよいか、と昼夜を問わず考えた。ディズデーモナは夫の様子がおかしいと思うが、なぜか分からない。彼に問うても、あいまいな返事で要領を得ない。あの明るく頼もしく愛情深い夫はどこへ？

　ディズデーモナは旗手の妻にこの話をし、自分の夫婦仲がこんなふうになって世の親御さんたちが若い娘に両親や一族に逆らって結婚するとこんな目にあう、イタリアの娘が異国人と結婚すればどうなるかよくみておけ、なんていうことになったら悲しい、と涙を流し、夫と親しい旗手が何か知っていることがあれば教えてもらってほしいとたのんだ。旗手の妻は、じつは自分の夫が彼女を殺そうとしているのを知っていた。だが夫が怖くてそれをディズデーモナに打ち明けられず、ただご主人に疑いを持たれないようになさいませ、貴女様の愛と真心をよく知っておもらいなさいませとしか言えなかった。

　その間にもムーア人は、とてもとても望まないことながら、確証を得るためにはハンカチが隊長のもとにあることを自分の目で見る必要があると、旗手にその手立てを講ずるように命じる。彼は困難ながら鋭意努力する、と。

　隊長は妻がいた。彼女は刺繍が得意で、ディズデーモナのハンカチを見ると、それが指揮官の奥方のものと知っていたので、返されてしまうまえに美しい文様を写し取っておきたいと思い、すぐ針を動かし始めた。窓辺で刺繍する姿は道からも見える。旗手はそれをムーア人に見させた。妻が密通をしているのは確かだ。事は決まった、妻と隊長を殺そう。して、どのようなやり方で？

　ムーア人は旗手と方法を相談した。彼は隊長殺害は旗手に任せたいと言う。旗手としては嫌な役回りだが、大金を積まれればその気にもなる。そしてある晩、隊長が娼婦の館から出てきたところを襲い、右足を大腿から切り落とした。隊長が大声をあげる。人々が駆けつけてくるので止めをさせずに彼は逃走、しかし傷

の深さから死は免れ得まいと判断した。

　翌朝、この事件は町中の知るところとなり、ディズデーモナも隊長の不幸を悲しんだ。ムーア人はそれを見てさらに確信を深める、妻はあいつの情婦だと。毒で殺すか、切り殺すか。ムーア人は旗手に相談、すると彼は殺しの嫌疑がかからぬための妙案がある、それは貴方の館は古く、天井にひびがある、そこで靴下に砂をぎっしり詰めて奥方を殴りつけ、傷跡を残さず撲殺したあと天井を一部落下させ、奥方はそのとき梁に当たって死んだと見せかけることだと。ムーア人はこれでやると決め、折を見て、ある晩、旗手を家に導き入れておいてから夫婦で床に着き、しばらくして予ての申し合わせどおり旗手が怪しげな音を立て、それを耳にしたムーア人は妻に様子を見てくるように命じ、部屋を出たところで旗手が靴下の凶器で一撃、彼女は倒れ、すでに虫の息になって夫の助けを呼ぶと、ムーア人は妻に近づき、夫を欺いて密通を重ねた報いはこれだ、と言い放ち、すでに死の近いことを悟ったディズデーモナが自分の愛と真心に神の正義の賜わらんことをと言いかけると、旗手は二発目を、神の救いを求めようとすると三発目を見舞い、彼女は息絶えた。

　二人は彼女を寝台に乗せて頭を割り、それから予ての計画通り天井を壊した。ムーア人は家が崩れたと助けを呼ぶ。近隣の者たちが駆けつけて目にしたのは寝台の上で梁につぶされて死んでいるムーア人の妻だった。

　翌日、ディズデーモナは町中の悲しみのうちに埋葬された。だが、人々の行いに常に目を向けておられる神がこのような悪事をそのままにしたもうことはなかった。

　失ってみればあまりに恋しいディズデーモナ。あまりに大きな絶望感にムーア人はすべては旗手の所為と彼を憎み、恨み、ヴェネツィアの法がなければ殺してやりたいとまで思うようになった。それを感じ取った旗手は、じつは旗手の地位をムーア人から解任されてしまったのだが、どこまでも悪辣である。ムーア人を破滅させることを考えた。

　この間、片足を失った隊長は命を取り留めていた。旗手は義足で歩いている彼を探しだすと、足の復讐をしたくないか、ここでは犯人の名を言えないがもし共にヴェネツィアへ来るなら自分が証人になって裁判を起こし、敵(かたき)をとることができるともちかけた。なぜ自分が理不尽な仕打ちを受けたか分からぬ隊長は、彼の言葉を親切心からと信じてヴェネツィアへ行くことにする。

　ヴェネツィアに到着すると、旗手は隊長に告げた、あんたがディズデーモナと同衾したと信じてムーア人があんたを襲ったのだと、同じ理由でディズデーモナを殺し、世間には天井が落ちて死んだと吹聴していると。事の次第を知った隊長は自身の傷害事件と妻殺害で共和国政庁にムーア人を訴えた。旗手は証人として二件ともムーア人の仕業に間違いない、自分は彼自身から悪事の計画、やり口を

聞かされ、そればかりか加担するよう誘いを受けたと証言した。ヴェネツィア政府の重鎮たちは異邦人がヴェネツィア市民に残虐行為をしたと知ると、すぐさまムーア人をキプロスで捕えてヴェネツィアへ連行、拷問にかけた。

　ムーア人は口を割らない。死も厭わないと言う。仕方なく共和国はムーア人を永久国外追放とした。追放された彼は、その後、彼の罪にふさわしく、ディズデーモナの親類縁者によって殺された。旗手は故郷へ帰った。それでも本性は変わらず、知人を彼が罪ない者を殺害しようとしたとして訴える。捕えられた知人は拷問されるが、訴えは正しくないと主張、そこで旗手も拷問にかけられ、そのあまりのきつさに内臓までも痛めつけられてしまう。それが原因で出獄して家へ戻るとすぐ、死んでしまった。神はディズデーモナの無実にこのように復讐したもうたのだった。

　物語の粗筋を読んでいただいて、ここで気づかれた方も多いかと思われますが、実は物語の登場人物で名前のあるのはディズデーモナだけで、あとは職名で呼ばれています。シェイクスピアは自作の戯曲に<u>ディ</u>ズデーモナをデズデモウナとして、キャシオウ、ロダリーゴウ等々はイタリアにある固有名詞を英語に取り入れて名づけ、オセロウ、イアーゴウはイタリアの名でなく、それぞれドイツ起源のOtto、スペイン起源のSantiagoから英語名を作ったと考えられます。オット (Otto) からオセロウ (Othello) へは原形の縮小として、サンティアゴ (Santiago) からイアーゴ (Iago) は、キリストの12使徒のヤコボを祭ったカトリックの巡礼地として知られるスペインのサンテ<u>ィアゴ</u>・デ・コンポステラの下線の部分からできた名とは、イタリアの人名事典にある記述です。最初から名のあったディズデーモナは、ギリシア語のdysとdáimōnから成る名で、dysは"欠如や悪"を意味する接頭語、dáimōnは"霊や神、運命"で、"運命の神に背かれた者"といった意味と解せるでしょうか。ムーア人の妻となった若いヴェネツィア女性を待ち受ける運命を暗示してこう名づけられたのでしょう。

対訳者

訳者紹介

小瀬村幸子（こせむら・さちこ）

東京外国語大学イタリア科卒業。同大学教務補佐官、桐朋学園大学音楽学部講師、昭和音楽大学教授、東京藝術大学非常勤講師を歴任。
著書に『オペラ・アリア 発音と解釈』（音楽之友社）、『伝統のイタリア語発音』（東京藝術大学出版会）など。訳書に、R. アッレーグリ『スカラ座の名歌手たち』（音楽之友社）、C. フェラーリ『美の女神イサドラ・ダンカン』（音楽之友社）、R. アッレーグリ『真実のマリア・カラス』（フリースペース）、同『カラス by カラス』（音楽之友社）、同『音楽家が語る51の物語』（フリースペース）など。また、イタリア・フランス語オペラの対訳および字幕、イタリア語歌曲の対訳および訳詞は数百曲におよぶ。そして本書のシリーズである「オペラ対訳ライブラリー」には『プッチーニ トゥーランドット』『プッチーニ ラ・ボエーム』『ヴェルディ リゴレット』『ヴェルディ イル・トロヴァトーレ』『ヴェルディ アイーダ』『モーツァルト フィガロの結婚』『モーツァルト コシ・ファン・トゥッテ』『モーツァルト ドン・ジョヴァンニ』『マスカーニ カヴァレリア・ルスティカーナ／レオンカヴァッロ 道化師』がある。

オペラ対訳（たいやく）ライブラリー

ヴェルディ オテッロ

2013年6月10日　第1刷発行
2022年6月30日　第2刷発行

訳　　者	小瀬村幸子（こせむらさちこ）
発行者	堀内久美雄
発行所	株式会社 音楽之友社

東京都新宿区神楽坂6-30
電話 03 (3235) 2111 (代)
振替 00170-4-196250
郵便番号　162-8716
http://www.ongakunotomo.co.jp/

カバー・表紙印刷　星野精版印刷
本文組版・印刷　星野精版印刷
製本　ブロケード
装丁　柳川貴代

Printed in Japan
乱丁・落丁本はお取替えいたします。

ISBN978-4-276-35576-7 C1073

この著作物の全部または一部を権利者に無断で複製（コピー）することは、著作権の侵害にあたり、著作権法により罰せられます。

Japanese translation Ⓒ 2013 by Sachiko KOSEMURA